电影文学剧本

韩毅峰 著

# 「中」字楼

## 火车站的传奇故事

毛泽东思想万岁

中国共产党万岁

中国社会出版社

国家一级出版社·全国百佳图书出版单位

北京·BEIJING

**图书在版编目（CIP）数据**

"中"字楼 ：火车站的传奇故事 ／ 韩毅峰著 ．

北京 ：中国社会出版社 ，2025．5．-- ISBN 978-7-5087-7158-8

Ⅰ．Ⅰ235.1

中国国家版本馆 CIP 数据核字第 20252MM895 号

**"中"字楼：火车站的传奇故事**

责任编辑：杜　康
责任校对：秦　健
装帧设计：尹　帅
出版发行：中国社会出版社
　　　　　（北京市西城区二龙路甲 33 号　邮编 100032）
印刷装订：河北鑫兆源印刷有限公司
版　　次：2025 年 5 月第 1 版
印　　次：2025 年 5 月第 1 次印刷
开　　本：145mm×210mm　1/32
字　　数：130 千字
印　　张：6.375
定　　价：79.00 元

# 目　录

『中』字楼：火车站的传奇故事

毛泽东思想万岁

国共产党万岁

## 故事梗概

　　20世纪30年代，齐齐哈尔沦为伪满洲国的省府。日本帝国主义为了美化侵略，打算修建一座在当时极为壮观的火车站大楼。设计任务交给了中国人崔文成，崔文成把这幢大楼造型设计成中国的"中"字，地下室为中国的"國"字，寓意为不屈的中国人民永远和侵略者抗争到底。日本关东军发现车站造型的设计寓意后逮捕崔文成，逼他对外发表讲话，说大楼是仿日本的建筑风格设计的。但是崔文成誓死不从，最后在抗日武装的帮助下逃脱日本人的魔爪。日本关东军和伪满洲国最终舍不得炸毁"中"字楼，到现在这幢大楼仍然耸立在齐齐哈尔，成为中国人民反抗侵略的丰碑。

1. **齐齐哈尔老火车站**：各种角度的影像，让人们神奇地看到都像是一个汉字"中"的造型。

2. **画外音**：齐齐哈尔老火车站的造型是一个十分耐人寻味的"中"字，据说地下室还藏着一个神秘的"國"字，合起来是"中国"！

3. 雄伟的火车站大楼，上面叠印出片名：**"中"字楼：火车站的传奇故事**

4. **画外音**：关于齐齐哈尔老火车站的传奇故事，民间有很多版本，都十分动人。虽然细节不尽相同，但故事的梗概基本上是一致的。据说，当年伪满洲国时，为隆重迎接"皇帝"来齐齐哈尔视察，需要建一座火车站大楼，以展示"大东亚共荣"的成果。这座大楼的设计重任落到了一位从日本留学回国的中国工程师身上，他巧妙设计，把中国的"中"字作为楼体的造型，让这幢建筑无论怎么看都是中国的"中"字，以此表现东北军民不屈的民族气节。等到大楼建成时，日本人和伪满洲国高官们才发现大楼隐藏的秘密，想把工程师抓起来偷偷杀掉，又怕这样做不但挡不住人们的议论，还有欲盖弥彰之嫌，只好逼他在报纸上发表一篇文章，说这幢大楼是按照日本古代奎文阁的风格设计的，表达了伪满洲国对日本朝圣和臣服的意思。工程师被逼无奈，只好虚与委蛇，在伪满洲国的《满洲日报》上发表了一篇文章，结尾却有一首藏谜诗，隐秘地揭示了这幢大楼的真实寓意，演绎了一曲悲壮曲折的爱国乐章……

5. **字幕：**1936年春 东北 齐齐哈尔

6. 鸟瞰当年的齐齐哈尔市，龙华路两边低矮的房子，最高的楼只有两层，临街有一些青砖房门市，狭窄的街道，简陋的门市房。镜头沿着龙华路向前推进，是一些饭棚、皮货铺、铁匠铺、杂货店。沿龙华路到头，只有这座火车站鹤立鸡群，显得雄伟壮观，楼顶箭楼似的女儿墙，直插云霄，白云飘过，更显挺拔。

7. 车站月台上，伪满洲国齐齐哈尔市市长率领一群官员来接站。秘书长徐大富身材特别高大，显得有些鹤立鸡群。日本关东军山本大佐和一些日本高级官员也在其中。一些市民代表胸前别着红色的胸签，手拿彩色小旗准备欢迎来宾。路边的商贩在叫卖着冻梨、豆面卷子、冰糖葫芦之类的东西，还有皮货、蘑菇之类的山货。那个抄着袖，身材壮硕的卖冻梨大汉名叫张五哥，他的叫卖声显得极大。三五个挑夫模样的人和挑夫头贾东山交谈着，他们肩上扛着扁担，扁担一头悬着的绳套来回晃动，他们互相交换着眼色，冷漠地看着欢迎的人们。

8. 蒸汽火车头喘着粗气，随着长长的汽笛声缓缓驶入车站。市长率领官员们迎上前去。由西洋乐器和民间鼓乐凑成的仪仗队在奏乐，虽十分热闹却格外地不和谐。首先下车的是伪满洲国政府总务厅副厅长郑叙五。山本抢上前，市长虽然有些不悦，可也没有办法。山本："副厅长阁下，请您先行视察，这座车站大楼在咱们满洲国所有车站中是建得最高、最好、最有风韵的，这座建筑体现了富士山的沉稳，名古屋的雄奇，奈良的古风古韵，北海道的清奇灵秀，真乃是日满和谐的巍峨丰碑。明天就是中国人所说的黄道吉日，届时请您剪彩。"

9. 路对面看热闹的人群中，一个学生模样的人突然跳上卖梨的推车，高声说："这座大楼的造型是中国的'中'字，是中国人民永不屈服的象征，是中华民族永远不可征服的见证！你们即将为这个'中'字形的大楼剪彩，再欢迎伪满洲国皇帝，真是可笑至极！"

10. 郑叙五和那些伪满洲国大员们目瞪口呆，听了学生模样人的话，他们情不自禁地回头去看那幢大楼。郑叙五看了片刻，回过头来盯着山本，山本和秘书长徐大富懵懵懂懂地回头看着大楼，凝视一会儿，心里不得不承认这个造型果真是个"中"字！二人面面相觑，一时不知所措。

11. 从大楼的不同角度看，均呈现出巍然挺立的"中"字造型。人们议论纷纷，一时间来宾和欢迎的人们都静下来。人越聚越多，把站前的街道挤得水泄不通。人们议论着，看着大楼，振奋起来。杂乱的声音慢慢形成了一波一波的声浪：中国的中！中国的中！中国的中！

12. 郑叙五气极了："传出去真是个荒唐的笑话！堂堂的满洲国总理要来为'中'字造型大楼剪彩？！"伪市长："这可是大日本东京帝国大学建筑系主任兼大本营

战时筑城高级事务官审核批准的……"日本机关长："山本？八嘎！！"山本这才回过神，手按战刀："统统地抓起来，死了死了的！"警笛响起来，一队宪兵跑过去抓人。

13. 伪市长厌恶地看了看山本和徐大富，转身恭请郑叙五一行先出站。郑叙五皱着眉头回头看，那些官员也都随着他回头看，那幢像"中"字的大楼巍然耸立。主题歌响起：

大楼像什么？
我问丹顶鹤。
一行鹤冲天，白云朵朵。

她高耸云端，雄壮又巍峨。
建成了我才告诉你，
上面是"中"，下层是"国"！
啊……啊！她是我们的名字——中国！

14. 人群被日本宪兵和警察驱散了。人们逃向街巷深处，卖梨的车翻了，冻梨撒了一地，被人们踩烂在地上。一些小贩的商品撒在街道上，一片狼藉。挑夫们挤在众人中间，随着人群离开。

15. 天空忽然黑云笼罩，不多时划过道道闪电，雷声从远处滚滚而来，像在宣泄着人们愤怒的心声。顷刻间，瓢泼大雨似乎从空中泼下，洗刷着"中"字造型的大楼，中字楼在风雨中显得更加雄伟壮观。

16. 晨曦下的"中"字楼，暮霭下的中字楼，直插云霄的楼顶箭楼墙。楼顶上面一行丹顶鹤飞过。站前街道上，中国人掩饰着兴奋的心情，纷纷议论。伪满洲国官员一个个讳莫如深，摇着头看着大楼，无奈地叹息。（**上述画面，叠印出演职员表**）。

17. 山本领着一群人在看着这幢大楼。宪兵队长鬼冢晋三报告："那个混蛋崔文成昨晚乘火车逃了，我已发电报令沿途各站宪兵上车严密搜索。车上的乘警也在搜捕，目前还没有线索。有人报告，崔文成是在昂昂溪车站登上503次列车去大连，他的夫人稻田纯子和孩子被一个叫贾东山的山东籍汉子赶马车送往洮南上车与崔会合，再……"山本："八嘎！崔的不在，任凭我们怎么说，不仅中国人不信，所有的人，社会上的舆论都会认为我们是欲盖弥彰，让我们有口难辩！"

18. 日本会馆。一群官员在开会。山本："这座大楼被讹传成汉字的'中'字造型，点燃了中国人反满抗日的怒火，往日本运送煤炭的列车多次脱轨，还发生了多起袭击驻军事件。如果不能迅速扑灭这股反动火焰，就会毁掉我们取得的一切！"伪满洲国齐齐哈尔市政府秘书长徐大富："总务厅长官郑叙五阁下说了，这次事件影响剪彩事小，要是在溥仪皇帝来齐之前，不能妥善处理，那事就大了！必须有一个完美的说辞控制舆论。否则，不仅丢尽了满洲帝国的脸，也让陪同来的大日本帝国关东军长官没有面子。毕竟是在我们的眼皮子底下，用我们的钱财建成了中国人心目中的大厦，要是不能扭转舆论风向，统统都会被严厉查处。"

19. 尴尬的会场，伪满洲国市政府官员一个个低着头，没有人敢说话。鬼冢小心地说："大佐先生，我们沿途已布下天罗地网，崔文成插翅难逃。为了平息那些刁民的议论，是不是暂时先把大楼的前脸儿用苇墙遮挡上？"山本眼镜后面的眼睛里透着杀气，他不满意这个办法，可又别无他法。

20. "中"字楼。日本宪兵监工，工人们将拆下来码在一起的脚手架杆重新绑上，站在高处用绳索将苇帘挂上去，围挡大楼的正面。

21. 卖梨的张五哥和挑夫们在等生意，和等着接站的人们议论："这下子小鬼子可傻眼了，挡得了一时能挡得了一世？还能给大楼穿上棉袄棉裤不成？"卖冰糖葫芦的："就是穿上衣裳，骨架还仍然是那样。"挑夫头贾东山："难不成把这幢大楼炸了重盖？"众人开心地大笑。

22. 日本驻军司令部。日本关东军特务机关长在训斥司令官和山本："在你们的眼皮子底下，竟然出现这种事情？让大本营脸面尽失。"山本："是我，是我推荐失误，看错了这个人。"机关长："你的责任重大，关键是你后来直接参与了建筑指导，为什么看着建成了'中'字楼，还视而不见？是利益遮住了你的眼睛，还是你在这里只顾着搜罗古玩和女人？大日本帝国的脸让你丢尽了！有人质疑时，你还致电长春本部，替他解释？愚蠢至极！你现在唯一能补过的机会就是找到逃走的崔文成，让他说这座大楼是……"山本："设计论证时我还在东京，是满洲的官员们都说大楼是模仿日本的……"机关长："你还敢推卸责任？"

23.（闪回）日本会所。司令官在接待崔文成。桌上摆着日文的"齐齐哈尔车站大楼设计师任命状"。"你的老师，山本先生在东京为大本营的军官进行防空袭筑城培训，没有时间来做这个重要设计，他推荐由你来完成。"崔文成："学生何德何能，能得到大本营和关东军本部信任？必将殚精竭虑完成这一重任。"司令官："大本营让你来还有一层意思，是希望这座大楼必须体现大日本帝国的建筑风格，骨子里是大和的魂魄，明面上还得让那些自诩爱国的满洲人能接受，这样才能达到我们的目的。你的明白？"崔文成露出谦恭的表情，心里却想：（画外音）"想让我挂羊头卖狗肉？"

24.会所门前。崔文成提着资料包出来，招手，一辆马车驶过来。崔文成："青云街四号。"崔文成上车后，马车沿街驶远。

25.街道上。马车转过一个弯儿，向北朝着迎恩门方向驶去。车里的崔文成在看资料。听着车外的叫卖声有些不对，"车夫，早该到了吧，这是上哪儿？"车夫："先生，前面有中学生在举行反满抗日集会，宪兵把路封了，咱们得绕过这一段，走大鱼市再折回去。"

26.马车拐进了一座四合院。车夫搬下脚凳，掀开轿帘。崔文成下车一看不对，稍微有些惊慌，但很快又镇静下来。早有四五个壮汉围上来："请吧！崔先生。"

27. 正房里，关老大拱手相迎："崔先生，在下姓关，请恕兄弟们无礼了，不这样无法请崔先生来。"崔文成只好既来之，则安之，面无表情地跟着他进了里屋，炕桌上摆着四样菜，一壶老酒。

28. 酒盅斟满了，关老大端起酒盅，崔文成一脸冷峻，不肯举杯："好汉想要崔某做什么，尽管直言。"关老大："那我就明说了，先生从日本留学归来，专门设计这座火车站，听说要设计成日满亲善的丰碑，可有此事？"崔文成并没有直接回答，却举起酒盅一饮而尽。旁边站着的壮汉贾东山急了，抽出匕首："大哥，少和他废话，宰了他，看谁还敢弄个大楼来装啥日满亲善的门面！小鬼子占了咱中国的地方，还要老虎戴佛珠——假慈悲，弄个大楼当遮羞布？来啥亲善？"

29. 关老大："嗯？"制止了贾东山。关老大："令尊崔成栋当年曾和家父一起在山东闹义和团，他俩是生死弟兄……"关老大说话的同时，手里把玩着一串紫檀木串珠，似乎很有来头。见崔文成没有啥反应："唉，咱先不说这个，咱就是想告诉你，咱中国人，谁都不甘心做亡国奴，你设计建的这东西必须得对得起良心，对得起祖宗！"

30. 一个兄弟跑进来："老大，一队鬼子宪兵来了，要搜咱们这儿……"贾东山："一定是请姓崔的时候被特务发现了。咋办？"

31. 兄弟们抽出驳壳枪，对着门外。贾东山的匕首对着崔："杀了这混蛋，永绝后患！看谁还敢来设计啥'日满亲善'式的建筑！"崔文成："关老大，让你的兄弟们收起家伙。"贾东山嚷着："收起家伙？让我们坐以待毙？信不信老子先宰了你这个狗汉奸？"崔文成面无表情："关世兄……"关老大一凛，崔文成解开衣领，也有一串紫檀木串珠。关老大见到串珠，镇定地说："崔先生没做啥对不起祖宗的事，咋能滥杀无辜？"他示意大家听崔的。

32. 宪兵队长鬼冢带着人进了四合院。关老大迎出去。鬼冢推开关老大，直接进了里屋。崔文成盘腿坐在炕上自斟自饮。招呼鬼冢："队长阁下来了？关世兄再添副碗筷，一起喝一杯？"鬼冢死死地盯着关老大，不怀好意地笑道："宪兵队担心你崔大设计师被土匪劫持了，再影响设计那个重量级建筑。老同学，你这穿西装、喝洋酒的留洋博士怎么能自污其身，在这土炕上和这些土老帽儿喝这等劣酒？真是让人大跌眼镜！"崔文成："哈，这你就不懂了，中国人讲'三人行，必有我师'，咱们的老师山本说过，建筑的神韵必须得融入人心，那才是真正的著名建筑。何况这位关先生还是我的至交，至于这土炕，你要是数九寒天的能在这上面睡上三天，就知道有多美！这酒更是男人喝的烈酒，你敢和关世兄干三杯吗？"

33. 关老大拿着一册《彩衣堂建筑彩画》描摹本递给崔文成："这是先生要找的先朝建筑彩画珍本，这可是祖上花了一千两纹银买的，先生看完一定得记着送回来。"鬼冢过去抢，关老大松开手："海内外孤本，可是价值连城，太君请珍惜。"鬼冢拿过去，小心翻看，爱不释手，不想给崔："看来崔同学假借设计需要搜集资料为名，行搜刮珍贵善本敛财之实啊？！"崔文成一笑："要是真品，早就被人算计了，这是咸丰年间的拓本，我要来借鉴学习就是了。"

34. 关老大故作小心地道："真品在老家的祠堂里，不知道前年大旱的时候，会不会让家人换救命口粮了，等找来了，再……"鬼冢不等他说完，戴着白手套的手一挥，一队鬼子走了。（**闪回完**）

35. 山本办公室。山本在接电话："哪呢？必须告诉沿途各站，统统地配合鬼冢行动，全力以赴抓住反满抗日分子崔文成。"

36. 坐在货运列车机车上的鬼冢叫骂着命司机加速。司炉工不断加煤。三五个宪兵坐在煤水车上，机车烟囱上的黑烟和飞灰袭来，熏得他们浑身漆黑，苦不堪言。客运列车在一个小站停下，有乘客陆续上车下车，鬼冢乘坐的货运列车从旁边会车轨道上飞驰而过。

37. 一列客运列车进站，旅客下车。汽笛长鸣，机车喘着粗气将要启动。鬼冢带着人从刚刚停下的货车上下来，快速跑过铁轨，从已经开动的最后一节车厢登上列车。

38. 一列火车飞驰而过。车窗外景物急速向后移动。车厢里，崔文成和日本籍夫人稻田纯子，还有6岁的儿子崔雨坐在那里，孩子望着窗外。崔文成和妻子笑笑："到了大连，咱们再取道去上海，不管怎么样，只要到了中国人控制下的城市里就暂时安全了。"

39. 列车减速，渐渐停下来，机车喘着粗气。崔文成和妻子不说话了，两人拉着手，掩饰着心里的紧张。孩子高兴地说："爸爸，这一站的名字为啥叫'宋'？咋就一个字？"车厢里，鬼冢和几个日本宪兵走过来。满脸黑灰、凶神恶煞的鬼冢："真是踏破铁鞋无觅处，得来全不费工夫！背叛大日本帝国的混蛋，你插翅难逃！"纯子搂过惊恐不安的儿子。

40. 崔文成的同学于北光和关老大在车厢连接处背过脸望着窗外，鬼冢一行押着崔文成一家人从身后走过。关老大悄声道："唉！还是晚了一步。"于北光无奈地摇了摇头："再想办法，一定得救他出来，才能让日本人哑巴吃黄连——有苦说不出。不然的话，师哥一家就真的会'留取丹心照汗青'了。鬼子还会借机造谣做文章，到那个时候，无论他们怎么说，都死无对证。"

41. 日本会馆。日本驻军司令宴请山本。司令官和山本碰杯，两人一饮而尽。司令官："是我报告大本营请山本大佐阁下留下，处理此事之后再荣升满洲驻军工程参议，只是授少将的时间可能推迟。但是，这件事要是处理不好，就是阁下走了，也会追究你当初审查和监督的责任，到那个时候，就可能连大佐都保不住了。"山本听完露出不屑的脸色。

42. 司令官摆手，一个参谋拿来案卷。司令官示意山本看看。**（画外音，严厉的斥责声）**"竟然让这个反满抗日分子在大日本帝国的眼皮子底下瞒天过海，用满洲国的钱财，建起了反满抗日的标志性建筑，性质恶劣，影响巨大，而且由于建筑物的特殊性，影响还会十分长久。"山本谦恭地举杯向司令官敬酒："感谢司令官给我一个弥补过失的机会，山本必当肝脑涂地，以报天皇。"司令官对山本前倨后恭十分不满，嘲讽道："山本君对暂缓授予少将还记恨于我？拜托大佐阁下，以老师的关系影响你的学生，让他改变态度。"山本举杯苦笑："他岂能听我的？"

43. 司令官严肃地说："大本营认为，这里是满洲国的大后方，如果建起带有反满抗日标志的大楼，会成为那些赤化分子心目中的丰碑，却无法拆除，天长日久，影响日深，建立的建筑物像会说话的神祇，启示那些支那人，时时刻刻想着他们是不屈服的中国人！那是大日本帝国绝对不能容忍的。大楼如果不能尽快剪彩投入使用，人们的猜疑议论会更多，更会趋向于认同这座楼是'中'字造型。"山本起立，恭敬地听着。

44. 青云胡同。中国工程师崔文成家，一座外带楼梯的二层楼。崔文成站在桌前，看着窗外，墙角处特务在监视着。黄妈进来："先生，日本宪兵不让出去，孩子的牛奶没了，这可咋办？"

45. 崔文成挡着纯子的目光，不让她看到楼下的特务，担心她紧张。崔文成凝视着桌子上那张火车站的立体效果图沉思。妻子给他倒上一杯茶："都传出来了，全市老百姓都知道这幢大楼是个汉字'中'字，长了中国人的志气。可是，你为啥不等咱们到了香港，处境安全了，再让于北光他们说出去？这下倒好，咱们为了国家就是死了，也不枉承继祖上爱国的气节，可就是孩子……"崔文成："北光他们以为咱们一定能逃出去，谁想山本能电令列车半路停下。鬼冢不惜乘货车追上拦截。咱们危险了，这一闷棍却打得小日本有苦说不出，让他们想拆，拆不得，不拆，哈……""唉！"妻子一声长叹，"你只图一时痛快，你的老师是关东军工程顾问，听说还要晋升少将军衔，你骗过了以他为首的工程部审核，让他蒙受责罚，他能饶得了你？特别是你们之间还有国际建筑设计大赛最高荣誉权归属的恩怨。"黄妈进来："先生，一个叫犬养的日本人来访，他说是您的同学。"

46.犬养进来，点头施礼："文成君，我来这里做山本老师的参谋已经一个多月了，总想到您府上喝一杯，可您还是那么清高，不认同窗情谊，从不请我，好在这回又把您从火车上请回来……"崔文成："犬养君有话请直说。"犬养："请你回来的路上，鬼冢君一定都和你讲过了，只要你发表一篇演讲，说明车站大楼是受奈良一座建筑的启示设计成这样的造型，体现的是日满亲善……"崔文成："犬养君不必再说，一千个人心中有一千个哈姆雷特，我说这楼像富士山般厚重，像东京银座的标志性大楼一样的庄严，像奈良仿唐钟楼的神韵，融入了北海道江户时代建筑的风格。可是，看的人该咋想还是会咋想，你们能拦得住我不走，你们能逼着我说违心的话，你们能拦得住千千万万人内心里对这座大楼的想法吗？"

47.纯子过来，递上一杯茶："犬养君，请您看在同窗的分上放文成走吧，文章你们自己随便去做就是了，想说这楼像什么就是什么，拜托了。"犬养变脸了："哼！要不是看在文成君是大日本人女婿的分上，早就身首异处，死无……"崔文成："哈！狐狸尾巴露出来了，当年同窗时我就知道你的为人，如今有啥坏水尽管倒出来就是了，大不了我擎着。就算你们杀了我，但永远也磨灭不了中国人的爱国之心。"纯子拦住他不让他继续说："犬养君，他就是这个倔脾气，请犬养君多多包涵。"犬养："文成君，咱们的老师山本在工程审查过程中被你骗惨了，害得他晋升不了少将，他会有足够的手段来教训你。"犬养背着手走了。

48. 车站出站口，人们陆续走出。山本戴着黑色礼帽、金丝边眼镜，手里提着一个皮包，打扮成一副中国商人模样，他从后面的车厢下车，随着人流走出站。没有人关注他的到来，小商贩们纷纷议论："这大楼真的太让人扬眉吐气了！真的是个'中'字！咋看咋带劲！"卖切糕的大声嚷着："这下小鬼子傻眼了吧？在他们眼皮子底下盖一座大楼，还让他们拿钱，盖出来的大楼是个中国的'中'字！听说就为这，到现在狗日的伪满洲国政府还在犹豫，这大楼用还是不用？来剪彩的高官没剪彩就气跑了！哈哈哈……"一个拿着整张狐狸皮筒叫卖的皮货商："当然得用，备不住得找一个掩人耳目的说辞再启用吧？花了成千上万的银子建起来的，总不至于一生气炸了它不成？"一个脖子上挎着木头盒子卖香烟的小贩："你们说的还不全，听说这楼顶上的女儿墙可不是一般的墙，那是仿着长城上的箭楼设计的，明摆着是在向世人表明，中国人的心不可……"

49. 山本听着叫卖声走到卖冻梨的车子跟前。卖冻梨的张五哥支上独轮车，戴着耳包，大嗓门嚷着："这大楼建得真带劲！谁看出来像啥？咱白送他两个大梨！"一个山东口音的客人上前："大哥，我看出来了，这是咱中国的'中'

字，对不？"张五哥塞给他两个梨："痛快！就是咱中国的'中'！"

50. 山本走上前，金丝边眼镜后面的小眼睛带着微笑。他挑了一个大梨在手里掂了掂："我要是讲出道理，说大楼根本就不像汉字'中'字，你送不送梨给我？"张五哥翻着眼睛看着他，一时不知说啥。一些接站的人围过来看热闹。山本有些得意："依我看这楼像日本奈良的一座奎文阁，你看这楼左大右小，不是中国人习惯的以右为先，这至少不能解释为只有一个答案吧？你的梨送不送我呢？"张五哥不屑一顾："你说的奈良是啥玩意儿，是阴曹地府还是鬼洞妖窟？糊弄鬼去吧！俺就认得中国字，这楼咋看都是个中国的'中'字！"山本微笑着："咱们中国人的'横看成岭侧成峰'，你知道吗？苏东坡，你知道吗？中国古代的聪明人是这样说的，这说明至少不只是'中'字一个答案吧？"张五哥急了，心里不服，嘴上却说不出话来，想把梨抢回来，山本却将那个梨抛起来又接住，看着脸憋得通红的张五哥一脸得意。

51. 张五哥憋得额头上青筋暴跳，想说又找不到有力的措辞。山本哂笑着递给他那个梨："蝇头小利的东西，也不干净，你留着吧。不过再说这些事，总要打听明白才行哦！"张五哥急眼了，一跺脚，冒出了一句："你胡说！那设计师是俺家前院崔家的留洋学生，他亲口说的，就是中国的'中'字，那还有错！一中的于老师也是这样说的。"围观的人们众说纷纭。受山本一席话的影响，一时说大楼还可能像别的占了上风，山本小眼睛里露出得意的神情。

52."哈！哈！哈！"一个学生模样的人过来，"这位先生对日本的奈良十分熟悉？不过你知道的只是皮毛，（**他顺手从皮货商手里的皮草上揪下一小撮狐狸毛**）却要拿一根毫毛就随便说它是什么畜生？（**说着，将手里的狐狸毛一吹，飞向山本。山本生气，厌恶地胡乱拍打**）还在这儿蒙骗大伙？那奈良的奎文阁不过是仿着我们西安城里魁星楼造的，如果真的暗合奈良的奎文阁，那阁楼建设的寓意是天圆地方，一魁占中，还不是隐形的'中国'二字！何况，那是典型的仿唐朝建筑，也是从中国学来的。你想白吃人家的梨，那你不能不认理吧，更不能拿人家没去过的地方来蒙人！这般下作不讲道理的事恐怕只有日本鬼子和汉奸才能做得出来吧？"

53.山本无言以对，尴尬片刻，愠怒地下意识用手去摸腰下军刀，却没有摸到。他虽然脸色难看，但还不想暴露身份。围观的众人不干了，纷纷指责他："明明是个'中'字，他偏要在这儿胡搅蛮缠说什么像日本的建筑，他肯定是个汉奸！"

54.日本宪兵队长鬼冢和犬养过来了，身后跟着一队日本宪兵。鬼冢："八嘎！"一摆手，三五个宪兵冲上去，掀翻了梨车，推搡的工夫，卖冻梨的张五哥身强体壮，打倒了几个鬼子，然后转过胡同没影了。背着狐狸皮的皮货商更是机灵，早跑得远远的。但那个学生模样的人和烟贩被抓住，推到山本面前。

55.山本问烟贩："你的说实话，这座楼像什么？"烟贩："这任谁都知道，不管你愿意不愿意承认，这就是个'中'字，听说地下室还是一个'國'字，可惜不让人进去看看。上面的女儿墙是仿着长城顶上的箭楼，也叫敌楼……"宪兵队长气极了："八嘎！死了死了的有！"拔出战刀。山本不苟言笑："这是谁告诉你的？"烟贩："一中的于老师说的，这楼是中国人民不屈精神的象征。"山本气极了，一摆手，几个宪兵过来将他推出去，人群外面响起枪声。

56. 鬼冢问山本："那个学生……"说着用手比画脖子。山本："关起来大刑伺候，一定让他改变过来，利用他的口才为我所用。"鬼冢连忙点头："哈咿！"

57. 日本会馆。宪兵队长鬼冢带着几个日本兵将崔文成"请"来了。通过走廊，来到日式房间里，穿着和服的山本坐在里面等他。崔文成进来："山本老师，您不是到长春当关东军野战工程课长并荣升少将了吗？怎么……"山本哼了一声："有你这样的'高徒'我还想晋升少将？"崔文成熟练地跪坐在桌前。侍女倒上清酒，山本摆手让她先出去。侍女拉上门，门外站着宪兵队长鬼冢和几个凶悍的日本宪兵。

58. 山本嘲讽道："你的作品在满洲国和大日本帝国都引起了轰动！"崔文成："学生愚钝，还不是恩师栽培……"山本强忍怒气，拿出一组火车站大楼各个角度的照片："你告诉我，你的建筑作品想给人的第一印象是什么？"崔文成："学生受日本帝国大学的影响，设计上形成了根深蒂固的日式风格，当然要将之发扬光大，在我的家乡要体现出：

富士山的雄伟，东京的热烈，九州的繁华，北海道的包容。可是学生才疏学浅，最后只能以日本奈良奎文阁的形象为蓝本，取其造型引申设计，想借鉴神韵罢了。"

59.怒极了的山本掀翻了桌上的寿司和生鱼片："混蛋！你骗得了咱们国内负责审查的那些不学无术的无知官僚，骗得了满洲国众多官员，还能骗得了我？你翅膀硬了，却反过头来啄老师的眼睛，打老师的脸？！"崔文成："学生不敢。"山本举杯，崔文成小心谦恭地举杯逢迎："学生诚惶诚恐，步步都请教您，经您审核批准……"

60.（闪回）"市政府"会议室。大楼设计图完成了，崔文成在介绍，"市政"官员都在看效果图。官员们都十分高兴。徐大富："这是日本的建筑风格？真让人高兴，我提议立即呈报，长春的大本营一定能批准。"众人附和着。

61.长春。伪满洲国政府，日本关东军机关长和政府官员在研究大楼的设计图。机关长："电报询问过帝国大学建筑系主任，也是设计师的老师，他的意见是，这个设计深得日本建筑的神韵，虽然有承袭奈良奎文阁的意味，但更有结合满洲黑土地厚重的创新。"日本和伪满洲国官员："真的是惊世之作。"

62.铁路道线旁边的草地上，崔文成领着人们拿着水平仪放线。一些工人把木板钉上，标注好地基位置。

63.施工现场。崔文成在指导工人们挖地基的基坑。年轻的工头："这咋像个字？有个四方框，里面是……"老工人："瞎猜啥？你认识几个字？日本设计师设计的，肯定是小鬼子的日文，你还能认出来？"工头："你还别说，里面真的是个'或'！加上四方框，就是个'國'字。"工人们都来了兴致，凑过来看着基坑，在地上画着议论起来。鬼子监工过来了，看他们聚集在一起，抢起藤棍就打："八嘎呀路！你们磨洋工的干活？"

64. 崔文成过来：（日语）"他们在议论这地基像日文的'驿'字。"崔文成捡起一截钢筋在那几个工人画过的地上重重地写了个"驿"字，"我的教过他们，让他们看着这个字，做得仔细。"日本监工悻悻地走了。工头过来向崔文成致谢。崔文成严厉地说："乱说话是要掉脑袋的！"工头的笑脸僵住了，工人们愕然在那儿。

65. 看着崔文成拿着测量工具走远的背影，工头在后面小声骂："汉奸！忘了你祖宗是中国人！"狠狠地唾了一口。

66. 工地上。鬼冢用俫卡相机拍照基坑。黑白照片摆在长春大本营的桌子上。山本拿着放大镜看着，喜形于色，叨咕着："吆西！吆西！"

67. 崔文成和于北光在喝酒。于北光："瞒天过海，大快人心，就是崔兄担着天大的干系，千万小心。"两人举杯，不约而同地："留取丹心照汗青！值了。"两人脸上露出兴奋的表情。

68. 工地。工头扛着杆子上二层跳板去搭架子。木杆扛在肩上力气不够，前高后低无法平衡，他使劲按下前边，后面翘起，失去平衡，木头掉下来，险些砸到监工的鬼子，掉到地上的蓄水池里，溅了鬼子一身泥水。工头也栽下来，摔得坐在地上直咧嘴。

69. 鬼子抹去脸上的泥水，捡起一根钢筋要打工头，工头躲过，钢筋砸在架子上，鬼子手疼得直叫。又捡起木棍打工头。工头被打急了，抢下木棍和鬼子打了起来，将鬼子按倒在泥水里。鬼子爬起来恼羞成怒，抓起步枪挺着刺刀刺向工头。工头急忙躲闪逃命。鬼子追不上穿过脚手架空隙逃跑的工头，一拉枪栓，就要开火！

70. 崔文成上前拦住鬼子："他是铆工师傅，顶级的师傅！没有人能替他。"说的同时比画着。跳板上的人在用钳子接烧红的铆钉，没接住，掉在水里冒着热气嗤嗤作响。崔文成让工头上去，他像耍把戏一样轻松接过，一口气接了十几个，铆钉枪趁热将铆钉打进去。崔文成：（日语）"离不开的，让他戴罪立功？"日本鬼子悻悻地走了。工头很感激崔文成。

71. 叠印：大楼建到三层的照片。大楼封顶的照片。大楼外立面抹灰的照片。这些照片叠印在山本的桌子上，他签字：（日文）很好！

72. 山本到现场，工人们在拆除脚手架，清理现场。大楼基本完工。崔文成向他介绍，山本用文明棍骄横地指点着。崔文成："工程的标牌要写上设计指导：山本太郎。老师，要是没有您的指导，我辈怎么能做得出来让世人仰慕、各方都认可的建筑！"山本露出得意的笑容，却还做出谦虚的样子。（闪回完）

73. 山本愤怒道："你利用了我对你的信任，你用预期的荣誉蒙蔽了我的眼睛，以为有我的批准，我就能庇护你？"山本气极了，欲言又止，站起身示意崔文成跟着他，两人穿过走廊，来到一堵墙后面。

74. 透过窗帘上的叶片缝隙能清楚地看到，里面在审问反满抗日分子。一个日本宪兵用烧红的烙铁烙一个中国人。焦煳的黑烟升起来，日本宪兵凶狠地叫嚷："你的说，为什么四处传播说火车站的造型是个'中'字？"那人喘着粗气："你们建成的大楼，那东西立在那，只要认字的人都能看出来，就连傻子都知道，大楼就是一个'中'字——中国的'中'字！"宪兵狂叫："八嘎！"随即鞭子抽到那人身上。

75. 又有几个人被带进来，他们被问到为啥说大楼是"中"字，那些人都说楼就是"中"字样子，谁看了都会这么说。日本宪兵毒打这些人。

76. 热闹的永安大街，巷子里面一幢二层楼。门前挂着"齐齐哈尔商会"的牌子。会长郝明新领着人们在门前排成一队，恭敬地迎接山本和崔文成，还有市府秘书长徐大富、宪兵队长鬼冢一行。众人入座。郝明新道："鄙人和商会各位同人都十分感激满洲帝国拨款来修建我市的标志性建筑。迎接满洲国皇帝视察只是瞬间的辉煌，这座大楼却是这座城市永恒的骄傲。火车站一旦建成，定能让我市获得更多的商机，只是这个建筑太像'中'字。"众位商会代表面面相觑，小心翼翼地看着恼怒的山本，不敢大声喘气。

77. 日军宪兵队。山本愤怒地对崔文成说："你的说实话，是不是设计之初，你就处心积虑地按'中'字建造的？然后编造假话蒙我批准？要不然为什么无论是与大日本亲善的商会，市井小贩，还是那些反满抗日分子，统统地都认为这是汉字'中'字？你是不是在瞒天过海？明面上给帝国本部上报方案时，说是要体现天皇圣明，满日亲善共荣，实际却与我大日本帝国为敌，你的良心大大的坏了？"崔文成想辩解，可是山本气极了，粗暴地做出手势不让他说话。

78. 崔文成的妻子被"请"来了。她穿着中式大襟夹袄，头发梳成中国式已婚女子的发髻，只有走路的脚步能看出来是日本人。山本斜眼睛看着她："你连祖宗都忘了？为什么不穿和服？"稻田纯子："对不起，大佐阁下，在中国生活，我要入乡随俗，再说大佐阁下派人叫得急，来不及更换。"稻田纯子转身要回去换衣服，山本厌恶地摇头制止："你的说，崔文成是不是故意将大楼建成'中'字？你的嫁他？当初军部特调课给你的任务呢？"稻田纯子："先生，真的不是，您了解他，他只是一个一门心思钻研学术的书呆子，他哪有那个胆量和心机？"山本："那他设计的灵感是如何得来的？难道是从天上掉下来的，还是从这里的黑土地里长出来的？你要是不说实话，我就成全他，让他死了死了的，那你就会成为寡妇，这里的宪兵队长，鬼冢，他不是你从前的追求者吗？当初，还是我和你的叔父说的好话，才让你嫁给崔文成，你想让我后悔吗？"站在后面的宪兵队长鬼冢色眯眯地看着稻田纯子。

79. 惊恐的稻田纯子："先生，他可没那么多心机，他设计时绞尽脑汁，总想着您说过的，怕建成的建筑没有灵魂。还是儿子太郎，玩耍时用毛笔涂画，信笔涂鸦给他灵感，偶然成就了这座建筑的造型。这至少说明，他不是别有用心，处心积虑地想把大楼设计成什么'中'字。"

80.（闪回）崔文成儿子崔雨在一张纸上涂鸦。他随便画画，纸上分明是一个稚嫩的"中"字。儿童幼稚的笔法，右小左大，这刚好被绞尽脑汁的崔文成看到，他突然有了灵感，那个"中"字在崔文成脑子里幻化成一个右小左大，和儿子画的一样，不对称的"中"字，成了一个"中"字型大楼的雏形。很快那雏形逐渐在纸面上被专业绘图的笔触立体化了，越来越清晰。渐渐地，一幅以"中"字为基本造型的大楼设计效果图呈现出来。（闪回完）

81.山本透过眼镜，狡黠的目光死死地盯着纯子："儿子涂鸦的'中'字激发了崔文成的设计灵感？这番说辞掩盖不了他骨子里反满抗日的心，他身体里流淌的血都是反叛的。我早派人去调查过了，在他老家，他家族的人都参加了反满抗日游击队。"

82.稻田纯子跪地求情："先生，求您了，他真的没这个心机，他是我丈夫，是我们大日本帝国的女婿，他怎么会故意将大楼设计成中国的'中'字？即便有人往这方面想，那也是鬼冢想置他于死地，他还是想着报复，报当年没娶到纯子的仇，尽管过了这么多年，他心里的恨还没有消失，他想害死我的丈夫，想置我丈夫于万劫不复的境地……"

83.纯子滔滔不绝地讲着，气坏了山本："八嘎，胡说八道！无论是谁看到大楼都会联想到是个'中'字，你还在狡辩，替他开脱，你要是不能劝他在《新京日报》和《满洲日报》上发表文章，就按照他蒙骗关东军本部时说的那样，大楼是仿日本奈良奎文阁建造，即便有人认为是汉字‘中'字，那也不过是一种巧合。如果你劝不了他，那就让他在这个世界上消失，还有你们的儿子，统统地一起消失！"

84. 日本会馆。山本："想好了吗？三天之内你必须发表一篇文章，说这楼造型是日文的‘駅'字简化，文章已经替你写好了，你的在上面签字，拍照为证，照片同时发表。"崔文成："那你们直接在报纸上发表就是了，还不是任凭你们信口雌黄，以为这样能封得住中国人的嘴，还能封得了中国人民的心？"

85. 山本一摆手，宪兵队长鬼冢将稻田纯子带上来。山本："你的以为你有气节？不肯登报说明，那你的妻子就会被赏给真正的日本人。鬼冢君，你的还喜欢稻田纯子？"鬼冢淫笑着："我的大大的喜欢，求之不得。"说着就要去摸稻田纯子的脸，山本不仅不制止，还一脸坏笑。

86. 纯子一把甩开他："山本老师，我丈夫还在，作为师长，作为我叔叔的同事，您是长辈，就这样当着众人的面，容许别人调戏你的侄女？"山本："为了帝国的荣耀，你们不消失，反满抗日分子就会拿大楼的‘中'字造型说事！"鬼冢摸着纯子的脸蛋儿，宪兵控制着崔文成，崔文成疯狂地挣扎着，并怒道："不许碰纯子，我答应你们！"

87. 纯子："不，绝对不行，你树立的丰碑，那个象征中国的‘中'字大楼是中国人的希望，它将永远矗立在中国的大地上！文成君，为了你的理想，我的命算什么？"说完她狠狠地咬住宪兵的手，趁宪兵疼痛的瞬间挣脱宪兵一头撞向柱子，晕倒在地上，头上血流如注。

88. 夜晚。崔家。纯子的头枕在崔文成腿上。崔文成隔着纱布轻轻抚着纯子受伤的头，桌上的饭菜一点儿没动，桌案上放着两只空酒杯和一瓶清酒。

89. 纯子轻声道："山本批准的方案，你让他骑虎难下，（**苦笑一声**）他引以为荣的建筑竟然是个'中'字，你害得他当不上少将，我有一个预感……"这时有人敲门，黄妈进来："岸田先生来了。"

90. 岸田入座。崔文成："岸田君是来劝我的？"纯子强撑着坐起来依偎在崔文成胸前。岸田拿出一瓶酒和一本影集："只是朋友叙旧，忘了你说过的？朋友不分国别，哪个国家的人也不全是魔鬼。"影集打开了。那是一张入学时的合影，山本坐在中间，岸田、鬼冢和犬养都坐在第一排，后面站着的是崔文成、于北光，背景是日本东京一所大学。

91. 黄妈开门，于北光进来了。他坐下拿过杯子，给他们斟满酒。岸田举起酒杯："我们四人同窗3年，6年前，还是我把你俩和北光送上船。"3个男人碰杯。随着话语，回到当年。

92. （**闪回**）日本东京帝国大学。教室里。穿着西装的山本在讲台上讲课："这次兵库县的建筑设计招标，奖金高达590万日元，如果中标，那可是名利双收。全日本能获得这等大奖的人也没有几个，我的学生要是能中标，那就会直接进入筑城技术学会，成为日本一流的建筑大师。（**看着大家议论纷纷，有些不自信**）你们不可妄自菲薄，要知道国际上一些著名建筑大师，还真有初出茅庐就获得成功的，比如柯布西耶……"

93. 山本讲课时，崔文成十分注意听讲，旁桌的鬼冢偷偷把手伸进他的书桌里，想偷一本线装《兵法三十六计·用计旨要》。他见崔文成听到动静要向他这边看，急忙向后排的犬养递眼色。犬养故意从侧后拍拍崔文成，吸引他的注意力，小声道："你要是能中标，以后再吹牛我们也信，要不然别说什么你们祖上是鲁班的徒孙。"崔文成愠怒却没法出声，只好扭过头不理他。犬养怕他发现鬼冢的行动，拿起一支竹匕首使劲刺崔文成，崔文成回头瞪了他一眼。

94. 山本继续讲课："那些能产生深远影响的标志性建筑都是有灵魂的，造型是它的魂魄的外在反映，体现了建筑师的理想和追求，它的影响力远远超出建筑物实用功能本身，任何一座无声的建筑要是有了灵魂就会产生巨大的影响力，那力量是巨大的，足以摧毁一切。"他看见犬养在欺负崔文成。

95. 山本的教鞭打在犬养的手背上。犬养嚷着申辩："支那的小瘪三想来日本学军事，没考上军校还在做打大日本的美梦，这本书就是证据！"山本命崔文成站起来。岸田起立："老师，不关崔文成的事，鬼冢让犬养吸引崔文成的注意力，他好偷人家的线装古书。"山本的教鞭打在鬼冢的胳膊上，鬼冢拿出那本书，上面有很多朱文白文印章，显得十分古朴。山本拿过来："这书先没收了，鬼冢罚面壁半天，犬养罚打扫厕所一周，崔文成……"

96. 下课了。学生们在议论："590万日元的奖励，真的是太诱人了。"一个青年教师："关键是名利双收，要是被选中了，就能直接成为大日本帝国建筑界一流的设计师，日后在业界前途无量。"一个女学生："崔文成要是参加，那咱们就没指望了。"年轻的鬼冢不服气，不屑一顾地说："他一个来自支那的小瘪三，就凭他？"一个女学生问教师："您和系主任山本先生都参加竞赛吗？"教师："当然要参加了，全日本最有希望获奖的人就是山本先生。"

97. 兵库县。大山脚下。一块大大的广告牌：征集在此建筑植物园方案，如果采用，奖励590万日元。

98. 兵库县山谷公司旅游开发预选地。山谷公司的负责人向大家介绍情况，负责人指着山坡上的位置："这就是未来山谷公司最具风情特色的旅游接待中心。"大家看过去，选中的那个方位有一道沟，大家都陷入思维困境。鬼冢："往左右移一移坐标，就可以避开了。"山谷株式会社发标人："向左，那里和我们需要的面积差之甚远，向右，那是安倍家的地，没法利用。"于北光说："这样的地势，谁能因地制宜，别具匠心，那才能显示出真水平。"他看了看鬼冢，笑道："当然，能做得最好的一定是崔文成！"鬼冢不服气，瞪着于北光。

99. 山坡上。崔文成接过纯子递给他的水壶，看着纯子婀娜的身姿，崔文成突然想起他教纯子学汉语背诵《阿房宫赋》时的情景，忍不住低声吟诵："廊腰缦回，檐牙高啄；各抱地势，钩心斗角……"纯子接道："长桥卧波，未云何龙？复道行空，不霁何虹？"崔文成高兴地拉着纯子："我找到它的神韵了！"

100. 深夜。山谷公司会议室。男同学都躺坐在地板上睡着了。外面走廊上，崔文成还在设计。

101. 月光下，崔文成反复修改着效果图，都不理想。良久，崔文成坐在一堆草图旁睡着了。稻田纯子和一个女同学走过来。纯子摆手制止同学，不让她叫醒崔文成，眼睛凝视着一张张草草勾勒出来的简图，十分高兴。于北光过来，看了看几张图却叫醒了崔文成："崔兄，你这般勤奋，一定能拿大奖！"崔文成醒了，惊讶地看着他们。于北光马上又夸张地捂着嘴："就有一样，画好了之后，在报给山谷家之前千万别让猫儿偷去了。"

102. 黎明。晨辉下的山岭。稻田纯子跑上山坡，追过去看崔文成，崔文成只顾着仔细看地势，盘算着完善设计。纯子看他的样子，眼里满是爱慕。

103. 鬼冢过来找稻田纯子，递给稻田纯子一盒寿司："你喜欢的。"纯子礼貌地谢绝了。

104. 三四个男女同学往山坡下走，岸田跟着崔文成往高处走去。站在最高处，鸟瞰着山坡，岸田道："要在这里建成一座庄园，设计难度太大了。"崔文成折下一枝樱花，透过花瓣向下看去，下面都是粉色渐渐变紫的景物，他有了灵感，似乎在樱花粉红色花瓣里看到了一幢宏伟的建筑，那花瓣里的细茎和边缘都演化成神奇建筑的构造。

105. 溪水边，崔文成和稻田纯子把脚放在潺潺流淌的水流里，十分惬意。崔文成沉浸在建筑设计构思的意境里，手在空中比画着。稻田纯子喜欢他这个样子，用筷子夹起生鱼片喂他。崔文成嘴里吃着，还喃喃地讲着："那须茎就是一根根力臂，支撑起整个建筑的穹顶，淡淡隆起的穹隆逐渐变成星空的蓝色，多美的画面。"纯子看着他乐了。

106. 鬼冢捧着新鲜的草莓过来，想送给稻田纯子。看到两人亲热的情景妒火中烧，却无计可施，气得他将草莓丢到地上踩进泥里。血红色的汁液从土里渗出来，鬼冢眼中露出凶狠的目光。

107. 于北光过来叫崔文成。他脑子里都是设计图，根本没听到。纯子笑了，于北光猛拍他一下，吓他一跳。于北光笑道："崔兄重色轻友啊！早上给你的《旅日学报》看完了吗？"崔文成说："看完了，真恨不得马上回国，把日本……"他看了一眼纯子，后半截话没说出来。纯子道："别顾忌我是日本人，我知道，什么日满亲善？要亲善干吗去占别人的国家？"崔文成和于北光愕然。

108. 远处鬼冢见于北光走了，看着稻田纯子和崔文成嬉戏着往回走。崔文成不时在地上画着。纯子把那张《旅日学报》递给崔文成，拿出笔让他在报纸的边缘画。地上潮湿不平，纯子将报纸铺到自己膝盖上，崔文成顾不上画，轻抚着纯子的膝盖，纯子羞涩地笑了。

109. 鬼冢看得十分气恼，一拳打在桑树上，疼得他直咧嘴。远处，崔文成和纯子拉着手，顺坡往下面走。犬养过来诡异地笑了："他们抄近路回集合地，走的是独木桥。"鬼冢看了犬养一眼，突然起身，取捷径穿越草丛向山下飞跑，不一会儿就超过崔文成和纯子两人，先跑到山坡下面的独木桥头。

110. 鬼冢看看左右，同学们都在三五成群地玩耍，他忌惮的于北光拿着一张报纸激昂地和人讲着什么。没有人注意他，他将固定桥体圆木的楔子用尖石撬动，用尽力气将楔子拔出来，圆木轻轻地摇晃着。鬼冢又用手扒些浮土掩在圆木两边。

111. 犬养拿着一副高倍望远镜，看着山坡上纯子和崔文成慢慢离开众人，向树林深处走去。一个女同学过来追上纯子，纯子和她一起走到一丛树的后面，崔文成回避地走到一边采野花。犬养通过望远镜看着那个女生在树后解开裙子，他看得更加贪婪，一脸淫邪的样子。于北光过来："满山春色，遍地山花，不如美女诱人，犬养君，还没看够？"犬养不好意思，将望远镜挂在树上："我在监视崔文成这个道貌岸然的家伙，女生方便，他却在一边……啊，这是山本老师的望远镜……"他将望远镜挂到树上，慌忙跑向山坡一边。于北光："胡说！你小子想帮着鬼冢干坏事？"于北光追着他跑过去，想看个究竟。

112. 一个男同学和一个女同学从后面山梁上下来，两人避开众人，渐渐落在后面。犬养挂在树杈上的望远镜被女同学发现，她拿起来看了一会儿，笑了，将望远镜递给男同学："纯子和崔文成动了真情了！"男同学拿过望远镜一看，笑了："崔兄还傻傻的，不知道那个纯子怎么会迷恋上他……哎！快看，鬼冢要干吗？"

113. 望远镜里，鬼冢将河上独木桥的圆木弄得活动了，又按原样放好。楔子丢进河里顺水流走了。然后他慌忙躲到桥一侧的茂密草丛里。

114. 纯子和崔文成拉着手走到河边，脸上都是幸福的笑容。纯子指着桥头山坡处一丛盛开的野花，崔文成让她等着。崔文成笨拙地顺着坡下去，鞋被泥粘住了，赤着脚去摘下那丛野花，又回头拔出鞋子，赤脚再爬上来。崔文成将一朵花插在纯子的耳朵上，纯子的脸上顿时增加了些野性的妩媚。情到深处的崔文成想吻她，纯子害羞地躲开。

115. 纯子跑上桥，崔文成捧着一束花追她，两人前后跑过去，幸福的一对恋人的步伐像舞步般好看。

116. 拿着望远镜的女同学："这个鬼冢，他妒忌得快疯了，想害死崔文成和纯子！"两人急了，喊了起来："纯子，崔文成——危险——"

117. 奈何距离太远，崔文成和纯子根本听不见。纯子上桥没跑两步，桥体的圆木开始滚动，十分危险！纯子摇晃着慌张地大叫！崔文成急了，丢下野花，叫喊着冲上去。

118. 崔文成不顾危险飞速冲上去想抱住纯子，圆木瞬间滚落到滔滔的河水里，他俩一起掉进河里。

119. 纯子会游泳，沉浮了几下浮上来，四下找崔文成。崔文成想救她反被河水冲走了。纯子推开跳下水救她的鬼冢，游过去拉住崔文成。于北光和两个同学在岸边抛下绳子，纯子扯着绳子，拉着崔文成爬上岸，纯子推开犬养伸过来拉她的手，于北光拉着两人上岸。

120. 鬼冢看着浑身湿透的纯子胸部凸起的轮廓，纯子凝视崔文成的眼神，让他恨妒交加。崔文成脱下上衣，拧干了水，给纯子披上。一个男同学从下游岸边捡起那块楔子，拿过来告诉纯子。

121. 纯子急了："鬼冢！你想害死我们？！"鬼冢无言以对。一会儿才说："稻田小姐，我，我喜欢你，我是不是更适合……啊，不说这个，其实，我是在救你。崔文成是赤色危险分子，你要是不想被军部情报课抓了，就必须和他一刀两断。就是你不怕，也得替你家族想想，赫赫有名的稻田家族，稻田秀夫还要竞选议员呢，怎么也不会让你嫁给一个来自支那的小瘪三！"稻田纯子火了，拉着崔文成的手："我稻田家的事不用你管，除了崔文成我谁都不嫁！为了得不到的爱情就要置同学于死地，你也太阴险恶毒了！"

122.同学们严厉的指责让鬼冢没了面子。气急败坏的鬼冢从靴筒里拔出一把刀子，丢下刀鞘，牙咬着刀子，两只手撕去外衣丢在地上，光着膀子迈着空手道搏斗的步子上前，挑战崔文成。他想杀了崔文成。犬养死死地抱住他，怕他冲动惹祸。犬养向纯子道："请原谅他一时冲动，也不全怪他，谁让你叔叔早就把你许配给鬼冢家了？"

123.鬼冢的刀子被岸田和几个男同学抢下来，可他还是疯了一样拼命地冲上去，谁也拦不住他。崔文成把稻田纯子掩在身后，鬼冢力大，挣脱开同学，上前一拳，把崔文成的鼻子打出血。崔文成倒在地上。纯子扑过去挡在鬼冢前面，急忙掏出手绢给崔文成擦血，流着泪怨恨地骂着鬼冢。

124.鬼冢一脸得意，叫嚣着："有本事起来，咱俩比输赢，也好让纯子有个选择，看看谁是真正的男子汉！"崔文成站起来，推开纯子，抹去涌出来的鼻血，想接受挑战。于北光上前挡在前面。鬼冢疯了："你来也一样，中国的小瘪三，你要替他出头，我让你比他更惨！"

125. 于北光不和鬼冢多话，上前一个纯日本式背摔，将他摔倒在地，然后招手叫他起来，鬼冢再起身又被他用少林拳打倒。鬼冢明知打不过，可是为了面子还是疯狂地起身，抓起刀子刺过去。同学们尖叫，于北光一脚踢飞了他的刀子，一个太极穿裆将他撞倒在地，鬼冢滚出七八步远，滚到河岸斜坡上，惯性使他滑向河里。鬼冢急忙抓住蒿草，蒿草被连根拔出，鬼冢狼狈地向下翻滚，犬养跑过去，帮着他爬起来。

126. 鬼冢碍着面子再上前要打，于北光虚晃一拳，吓得他躺在地上。鬼冢知道自己不是于北光的对手，不敢起来，坐在地上叫骂。犬养过去扶他起来，指着于北光和崔文成："支那的留学生，还敢打大日本帝国学生？你们是不想活了。"日本同学却纷纷指责他俩，他俩无言以对，只好匆匆走了。

127. 槐树下，鬼冢吐着嘴里的血水，恨得一拳砸在树上。犬养递给他一大片树叶擦嘴边的血，鬼冢气愤地将那片树叶撕碎。犬养："你忘了中国人的兵法三十六计，有一计叫'笑里藏刀'？"递给他一束花儿，眼睛示意他，看着草地上那张于北光拿给崔文成的报纸。

128. 不远处，纯子在为崔文成擦拭鼻子和嘴上的血迹。同学们在一旁说着什么，那张报纸谁都没顾上，轻风将它刮下山坡，被一丛蒿草拦住。

129. 那张报纸被鬼冢拿在手上。他进了一幢大楼，楼前的牌子上写着：军部情报课东京本部。

130. 稻田家。稻田秀夫正在看书，夫人递上一杯茶，小心翼翼地告诉他："女儿不开心可能和那个中国学生有关，要不然……"稻田秀夫："和中国人联姻？咱们稻田家祖上有规矩，只能嫁给……"这时有人敲门。仆人来报：鬼冢正雄来访。稻田秀夫皱着眉头："山本教授和我说了，鬼冢家的小子心术不正，不能让他当我稻田家的女婿。"夫人："礼节上还要应酬一下，不然的话面子上不好看。"

131. 稻田纯子推开门出来："爸爸，我绝对不嫁这个龌龊小人。"稻田秀夫："进屋里去，不懂规矩！"夫人只好推女儿进了里屋，拉上门。里屋。纯子倚在门边听着外面说话。

132. 鬼冢正雄进来，后面跟着鬼冢。入座后，鬼冢正雄："稻田君，冒昧打扰了，不好意思，可是这件事关系重大，时间紧迫。"稻田秀夫道："我们三辈世交，鬼冢君不必客气。"鬼冢正雄："稻田家是名门望族，我鬼冢家也是人才辈出，两家联姻那才是珠联璧合。更何况也能了却两家人祖上的心愿。想我两家前辈，当年曾经一起在满洲征战，并肩打败过俄国佬，我鬼冢家前辈鬼冢武原曾经救过被俄国人炮弹炸伤的稻田家前辈稻田竹青。竹青前辈感激万分，当场就表示两家人是生死之交，为了永久联结两个家族的友情，下一辈人一定要结为儿女亲家，只可惜，咱们这一辈都是男人，好在咱们儿女的婚恋年龄恰好般配，隔了一辈才能按老人的愿望续上前缘。"稻田秀夫面无表情，冷漠地说："天皇号召，大和民族都是兄弟姐妹，亲如一家，没有亲疏之别，何况老一辈对儿女亲事的承诺仅仅限于咱们这一辈，跟我们的下一辈没有关系。"

133.鬼冢正雄："稻田君，话虽如此，如果下一辈人中正好有机会能实现两家前辈的夙愿，两家联姻岂不是更好？"说着叫鬼冢上前拜稻田秀夫。稻田秀夫看着他跪拜，并不去扶鬼冢，鬼冢正雄不悦。稻田秀夫："帝国大学的教务长告诉我，贵公子在校学业不精，考试经常靠作弊才能勉强及格。这次兵库县的标志性建筑设计大赛，听说他的作品就连入围都做不到。我稻田家以学问名扬天下，怎么会将小女嫁给不学无术之辈，岂不是有辱门风？"鬼冢被鬼冢正雄拉起来，站也不是，坐也不是，非常尴尬。

134.鬼冢正雄非常不悦。"依秀夫先生的意思，我鬼冢家是高攀了？难道非要我明说吗？"稻田秀夫："不是你高攀，而是我们稻田家不想结贵。何况，令公子在一些事情上的表现也着实令人不敢恭维，为了赢得爱情，不惜暗害他人落水，危及生命，这样的人小女心里惧怕，夫人也担心。"

135.躲在门后偷听的纯子高兴了，捂着嘴轻笑。

136.鬼冢正雄急了："哼！和支那人竞争，就要不择手段，连这你也要计较？稻田纯子要是不嫁我家，她就得和那个中国瘪三一样，被军部逮捕送到荒岛上。"

137.稻田秀夫不理他，两人沉默的目光互相对视，又迅速躲开。片刻，稻田秀夫叫侍女倒茶。鬼冢正雄十分不悦："哼！稻田君这是下逐客令！"说完气愤地起身走到门口，回头见稻田秀夫并没挽留，稻田夫人虽然想留，迟疑间看着稻田秀夫的眼色。鬼冢正雄冷笑："我需要提醒你，议员选举的时间是6月中旬，稻田先生是兵库县推荐的第一人选吧？要是稻田家有个支那女婿，还是一个宣传赤化的女婿，那你就得输给世仇井上家了！"说完转身气愤地走了。

138. 教室里。山本在评阅学生们的参赛设计。他看了几个同学的设计，摇摇头丢在一边。直到拿起一个有点意思的设计，这才开始点评："这个，宫岐同学的设计，主体西化，有哥特式的风格，可惜，没有融入山水的神韵，恐怕……"山本摇头。宫岐和几个同学露出不快的样子。

139. 山本又拿起一张设计效果图："这一幅下了番功夫，只是对这个沟壑没有处理好，主体显得太突兀了……"他看着前排崔文成的座位还是空的，失望地看向门口。于北光："崔文成请假要晚一会儿来，他去核对一处坐标的轴线了。"

140. 鬼冢和犬养十分自信地拿出他们的作品。画面上全是高层建筑，十分宏大。山本看了一会儿，评论道："建在山中的建筑，高大雄伟，十分抢眼，因为有背景山峦对比，都不算什么，正所谓'太乙近天都，连山接海隅。白云回望合，青霭入看无。'可是建筑物太高太突兀，不能与背景融为一体，这样的作品是不可能成为精品的，而且没有考虑山势地貌，顺势而为。还有，在山地建高大建筑，材料运输费用和施工的难度会大大增加，这样的作品是不会被采用的。"鬼冢和犬养十分尴尬。鬼冢："这可是按照人家招标的要求做的。"山本不理他们，看看表："还有没有？如果没有，讲评就到这里。"

141. 于北光急忙拿出一张效果图上前："我们第七小组

的设计，最后只推荐一个方案，其他的都和老师上节课指出的问题有相同之处，调整修改也不足以成为好的作品，只有崔文成的作品比较有深度，因为崔文成觉得还有细节要完善，要晚一会儿来，我先向老师介绍这个方案。"

142.稻田纯子帮着于北光将那幅兵库县山谷公司生物园林馆效果图挂在黑板上。于北光："崔文成的设计总体构思是，廊腰缦回，各抱地势，融入青山，浑然一体，高低错落，纵横有致……"山本听着，脸色急剧变化，表情复杂，既有惊喜，又有妒忌。鬼冢和犬养看出名堂，不顾课堂纪律冲到前面："你们这是利用竞赛招标的机会，推销落后的支那文化，于同学说的那两句'廊腰缦回，各抱地势'，出自中国唐朝诗人杜牧的《阿房宫赋》，这种设计是典型的中国式的、落后的庭院回廊式设计，不知道落后欧洲几百年，你倒来日本推销了，你们的东西既然先进，为什么还要到我们日本来留学？"同学们一片哗然。

143.同学们纷纷议论："他们来日本留学不等于中国传统文化就是落后啊？"日本学生岸田："建筑设计就是要兼容并蓄，采各方所长。"一日本同学："中国的落后？你们的评语引经据典的，不都是中国的唐诗吗？"

144.大家议论了一会儿，慢慢静下来，都看着纯子和于北光。于北光看了看山本，山本并不表态。岸田同学："咱先不说鬼冢和犬养同学不顾礼貌和课堂纪律，打断别人发言的行为有多荒唐，先说他的错误观点。说中国的庭院回廊设计落后欧洲多少年，那我问你，奈良的城市总体设计先不说是仿照哪里的风格，那总体上'藏风得水，东青龙，西白虎，南朱雀，北玄武'是不是中国式的风格？那里的唐招提寺不但借鉴了唐朝文化，而且设计师也是中国的鉴真高僧。"山本冷漠的表情："你扯得太远了，这堂课没有时间讨论日本的建筑史和奈良的建筑风格渊源。"同学们尊重他，不敢与他争论，但不满的情绪溢于言表。

145. 山本见大家都在听他讲，起身说："我对鬼冢和犬养同学不遵守课堂纪律，不遵循同学间礼仪的行为提出批评。岸田同学讲起了中日建筑风格沿革和对比，话题扯得远了。这个设计我看过，我也指导过，还提出过要突出主题，不然的话就会喧宾夺主，还有一些地方需要修改才能上得了更高的层次。"

146. 崔文成进来了，十分兴奋："老师，那就请您再帮助提高提高。"山本露出狡黠的目光，并说："你们真的以为这个设计能中标？差得远呢，这一是沟壑间的栈桥修建起来，增加费用和追求美观的矛盾如何解决？二是用中国的唐诗来阐释设计思想，不懂汉学的人如何能理解，不理解如何让评委们通过？三是招标方喜欢的是欧式建筑，以为那样才能代表时代的进步气息。四是……"山本滔滔不绝地讲着，崔文成渐渐没了自信。于北光小声道："不对！他另有所图？"鬼冢和犬养显出得意的神态。纯子看着崔文成，想为他鼓劲。岸田小声对纯子说："如果他想据为……"他欲言又止，看着崔文成。

147. 纯子："老师，还是请您帮助修改一下，如果您不介意的话，设计指导署上您的大名，借您的威名，评委们一定会重视这个设计方案。"山本摆手，欲擒故纵："不，不，不！万一获奖，不能让人说我将学生的作品拿来，将名誉据为己有。"于北光："老师，我们都是这个意见。"山本："啊？那崔文成呢？要是他也同意，我就勉为其难了。"纯子将那张图摘下来递给山本，山本拿起那张设计图，脸上露出不易察觉的笑。

148. 早晨。校园门口，纯子焦急地等着崔文成。鬼冢过来了："在等支那小瘪三？"纯子厌恶地转过头。鬼冢坏笑："现在求我还来得及，你的小瘪三马上就会成为囚犯了。"纯子怒了："你胡说八道！崔文成获得大赛最高奖，你是羡慕、妒忌，还是灰心丧气？"鬼冢淫笑道："嫁给我吧，只有这样，我或许看你的面子，能帮崔文成免去牢狱之灾。"纯子："你休想！"于北光过来了，鬼冢吓得撒腿就跑。于北光："祝福你，你的崔文成，成功了！"纯子羞涩得脸红了："咱们，咱们第七组的同学，咱们大家的成功。"崔文成过来，纯子递给他早餐："祝贺你的设计获奖了，我妈妈那里也通过了。"崔文成傻笑。于北光："光顾着高兴，要迟到了。"

149. 教室里。山本老师进来，同学们起立。山本："同学们，今天我们讲建筑物的风格如何展现文化底蕴和历史的厚重……"同学们小声议论："怎么不说崔文成设计获奖的事？""这么大的喜事为什么不宣布？""可能是等到今天的课程讲完再说吧？"

150. 几个日本警察进来了，拿出那份报纸，和山本小声交流着。同学们议论纷纷。鬼冢、犬养和几个人耳语，同学们渐渐把目光转向崔文成。

151. 日本警察手拿一份《旅日学报》大声嚷道："谁叫崔文成？你的宣扬赤化，有违我大日本法律，和我们走一趟吧。"稻田纯子："这是诬陷，那张报纸是崔文成在山坡上捡的，他突然有了灵感，野外没有纸，就在这张报纸上画了自己的设计，回来的路上被谁偷去了。"说着眼睛死死地盯着鬼冢，鬼冢满脸得意的表情。警察面无表情："你说的这些恰好证明了这张赤化报纸就是崔的罪证。"纯子愕然无语，黯然垂泪。

152. 警察将那份报纸丢在地上，推搡着把崔文成带走。纯子跑过去哭着求警察，没人理睬。纯子转而求山本老师。于北光揪着鬼冢的衣领："你心如蛇蝎，想娶纯子竞争不过人家，就不择手段，你要是不把崔文成赎回来，就别想活……"鬼冢一扭身挣脱："他无视我大日本法律，宣传赤化，谁能救得了他？"于北光抓着鬼冢的手腕，鬼冢无法挣脱，小声求于北光："求你放开，这事如果老师不赞同，我们敢吗？"山本脸上露出不易察觉的笑。

153. 纯子求山本："老师，你看，这报纸的边缘是崔文成画的设计图，他当时真的是没有纸可画，才捡来的。"

154. 一个学校职员进来："山本老师，这是你们班的获奖证书，山谷方来电话询问，主创崔文成宣传赤化，这个名字是不是还放在首位？校长说请你全权处理一下。"山本："尽管崔文成是我最认可的学生，可本人以大日本利益为第一位，当然得把赤色分子名字删除。"于北光："这是阴谋，本来我以为只有鬼冢是个卑鄙小人，原来山本你，你不配当我们的老师，你为了独占崔文成的设计大奖，把荣誉据为己有，你暗地里支使鬼冢和犬养诬告崔文成，你无耻至极！"山本凶相毕露："八嘎！要不是我出面保你，你也得和他一起进监狱！"鬼冢和犬养得意万分的样子。岸田拦着于北光："老师，于北光和崔文成情同手足，他一时激动，请您原谅。"山本愤愤地夹起皮包走了。

155.夜晚，一弯斜月挂在半空。稻田家灯火还亮着。稻田秀夫仰望着窗外的星云沉思。稻田夫人给稻田秀夫端上茶水，小心翼翼地说："那个中国学生很优秀，是不是想办法把他保出来，让纯子和他一起去巴黎，或者去上海？"稻田秀夫："胡说！我稻田家的女儿怎么能嫁给支那人？"稻田夫人："您不是说过，咱家祖上还曾经当过遣唐使，学习过唐朝的书法和佛学吗？咱家祖上早就传下话了，让咱们尊重博大精深的中华文明，只有中华文化才是咱稻田家族学识的根。何况，崔文成是历届学生中最优秀的，就连法国建筑大师米歇尔都对他称赞有加，还愿意帮助他去法国学习建筑。"

156.纯子房间。纯子忧愁地在灯下沉思。手里的绢帕上面是崔文成的书法。一首小诗：

　　　**纯**情淑女樱为衣，

　　　**子**规啼月小楼西。

　　　**我**欲摘星渡银汉，

　　　**爱**写真情献知己。

157.窗外。天上银河，流星飞渡，划过夜空。纯子抚着古筝，轻声唱着那首小诗。

158.东京警事拘役所。崔文成坐在稻草上，手里拿着一枚白玉雕成的袖珍樱花，那是纯子赠给他的信物。仰望着银河，一颗流星飞下。他仿佛听到了纯子的歌声。

159. 稻田秀夫满腹惆怅地在喝酒。稻田夫人小心地说："渡边家来提亲，我们如何回复人家？"稻田秀夫："渡边家的光夫，习武尚文，是陆军大学炮科的高才生，嫁了他，也不算辱没了纯子。"稻田夫人："听说他是绣花枕头，金玉其外，败絮其中。"稻田秀夫："那也比关在牢里的囚犯强，还没等成亲就坐牢，女儿将来还能有好日子过？"稻田夫人忧愁地问："你早盘算好了？"

160. 纯子从房间里跑出来："爸爸，我必须嫁给崔文成，我爱他，我已经怀孕了。"稻田秀夫劈手给了她一记耳光："我稻田家的女儿，视贞节为生命，这绝不可能，你就是死，也得嫁给渡边光夫！"

161. 纯子的房间。稻田夫人进来看她，拉开门一看，纯子手腕上流着血，人已经昏过去了。稻田夫人大声喊人。

162. 稻田秀夫进来，气极了，不准仆人去找医生。稻田秀夫："稻田家的脸都让她丢尽了！"稻田夫人抱着他的大腿痛哭："我们就这么一个女儿……"稻田秀夫见女儿脸色如白纸，心里急，却还板着脸，摆手命女仆去叫医生。稻田夫人慌忙用布给纯子缠好手腕止血，拿过纯子的遗书一看，惊呼着哭道："就是救活了，再让她嫁给渡边家的光夫，她还会死，你就依了女儿吧。"稻田夫人抱着稻田秀夫的大腿求他。稻田秀夫想踢开妻子，却被妻子死死抱住。稻田秀夫的眼里含着泪。

163. 东京军部情报本部。稻田秀夫被一个秘书模样的人领着穿过走廊，到一扇门旁，门楣上面的牌子上用日文写着：支那课。

164. 支那课办公室。稻田秀夫对一个课长说："长官，鬼冢晋三和崔文成争风吃醋落了下风，就不择手段，诬告他是个赤色分子，其实他是个只钻研学术的书呆子，况且一个留学生要是真的宣传赤化，最严厉的处理办法不过是送他回老家就是了，交给我，我一定让他在东京消失。"课长："这样做是要担很大责任的，他传递的报纸在日本国反对大日本侵占中国满洲，性质十分恶劣。况且，还有一个负责中国方面的副课长松井浩三具体管这件事，我要是中间插手，人家不但会有意见，也可以不执行。要知道，他虽然是副课长，可是他的后台是陆军部的次长酒井雄二。"稻田秀夫将一沓钱塞进课长手里："您多多关照。"课长绷着脸不苟言笑，按电铃叫人进来。来人："课长，请您吩咐。"课长："把那个姓崔的中国混蛋交给稻田先生，不得继续留在东京。"

165. 稻田家。稻田仓荣匆匆忙忙进来："叔叔，纯子姐和女佣小鹿真子换了衣服，从试衣间逃走了。有人看见她直奔码头了。渡边家来人说是否去追，听我们家的。"稻田秀夫："混蛋！她一定是逃往北海道的外婆家，你和渡边家的人快去火车站追上她！"稻田仓荣："小鹿真子看见了，岸田君帮她找了一辆车，朝九大道，直奔码头。"稻田夫人过来了："那个女佣得了钱还能说真话？还不听你叔叔的，快领着渡边家的人去追，火车也许还没开呢？"稻田仓荣疑惑地慢慢出门，领着渡边家的人走了。

166. 鬼冢匆匆忙忙赶来："稻田家必须立即向东京地方警察局报人口失踪案，只要通过警方，就能立即找到纯子小姐的下落。"稻田秀夫严厉地说："你的就这样和长辈说话？鬼冢家的人越来越没有礼貌！"鬼冢吓了一跳。稻田秀夫："都说你学业不精，却精通旁门左道，没想到连起码的礼节都不懂了？"鬼冢连忙解释："都是几个支那同学编的瞎话，我本来……"稻田秀夫脸色变得和蔼："我倒真想听听你的解释。"鬼冢："就是，就是纯子怕来不及……"稻田秀夫："放心，我安排了五路人马，车站、码头，还有中国人的商社、酒店，都有人去找，就是一样，纯子不甘心嫁给渡边光夫。她如果回心转意，你还娶她吗？你的学业真的就那么差？"鬼冢："我愿意，真的求之不得。学业的事您听我解释，其实……"稻田秀夫吩咐妻子："拿些酒来，我要听听他不嫌弃和别的男人相恋，还要逃婚的纯子，有什么可信的理由。"鬼冢看了看墙上的挂钟，时针指着10，急得汗都出来了："叔叔，我得先去把纯子追回来，要不然再有20分钟，邮轮要开了。"稻田秀夫愠怒："难道你不想娶纯子了？"稻田夫人端来清酒和菜肴，鬼冢只好坐下，心神不宁地拿起酒壶给稻田秀夫倒酒。

167. 码头。轮船鸣笛，水手解锚，撒下舷梯。鬼冢领着一队警察追过来。他们叫喊着，邮轮缓缓驶出了码头。

168. 甲板上。崔文成呆呆地望着渐渐远去的东京。岸上，鬼冢气急败坏地跺着脚叫骂，犬养也领着一群人来了，他们无奈地看着轮船犁开浪花开走了。

169. 船行得远了，离开码头，渐渐加速，船尾泛起波涛。

170. 甲板上，人群散去，崔文成还在看着东京的方向。海浪翻滚，浪花打到甲板上，崔文成的衣服湿了。浪花翻起来，在他的眼睛里，那白色的浪花都是纯子的笑脸。崔文成的脸上都是水，分不清是海水还是他的泪水。于北光过来，拉他到船舱里。

171. 进了房间，一个熟悉的背影在看着窗外。"纯子！"纯子满含泪水的眼睛。（闪回完）

172. 崔文成和纯子、岸田、于北光都沉浸在回忆里。岸田端起一杯酒喝下。于北光："那时候纯子美极了，是咱们的校花！"纯子羞涩的脸，一笑，头疼了。崔文成搂紧她。岸田拿起案上一本线装书《兵法·三十六计》："如今，我们可不能玉石俱焚，得想个法子，然后来个'走为上'。"于北光："这里面有一计叫'暗度陈仓'，你的那首定情诗叫什么？首字为：'纯子我爱'？"岸田看着窗外："大楼？可不能简单地写藏头诗，诗中藏谜，至少得让聪明人猜上5天，你们俩好有机会逃出去。"于北光："咱们的老师在领人评估，如果炸了，或者毁去一半，再重新建造，那会怎么样？怎么也不如留着这座丰碑让他们如鲠在喉。"众人眼里露出希望的光。

173. 鬼冢带人来了。鬼冢："都是同窗好友，谈得怎么样了？"岸田："你对同学的妻子不礼貌，人家不欢迎你来，还不道歉？"鬼冢翻着白眼不理岸田，自己端起酒杯，一饮而尽："崔文成，你不是答应发表关于大楼造型的文章了吗？山本老师命我接纯子去治疗。"崔文成："纯子的伤就不劳你们费心了！"于北光："哼！你们想拿纯子做人质。"

鬼冢狠狠地瞪他一眼，一摆手，日本宪兵强行抬走纯子，崔文成和于北光拦在门口。岸田摆手："放心，我送她去。"斜眼看了看案上那本线装书《兵法·三十六计》。

174.鬼冢递给山本一张《满洲日报》："这是准备付印的清样，请大佐阁下审定。"报纸上的标题："日满亲善的象征——日本奈良风格的车站大楼。"一张崔文成在大楼效果图上勾画的照片，一张车站大楼照片。

175.山本指着报上的那首诗："赞赏大楼的意思？"诗的特写：**中江举帆竖牌楼，北国名站誉满洲。扶桑的云为神韵，如日天中迎君侯。**鬼冢："发电咨询了长春本部的汉学专家和情报课的分析专家，他们都觉得没什么问题。"山本："没什么问题？！"冷笑："你可要知道，这要是发表了，再也没有机会更正，大楼拆不了炸不掉，要是这个最后的机会没把握好，你的全家人就得坐牢！"鬼冢紧张了："容我再找人研究一下。"

176.商会会馆。鬼冢在征求专家意见。一些穿着长衫的文化人坐在那里，手里都拿着那张报纸清样，那首诗十分醒目。于北光也在座。一个坐在首位的老秀才卖弄地说："这'中江举帆'是名句，出自司马光的《资治通鉴》'中江举帆，余船以次俱进'，寓意为我满洲帝国在这里竖起了日满亲善的牌楼，那句'誉满洲'当然是说咱这齐齐哈尔车站大楼……"一个老学究抢着说："这句'扶桑的云'深得大楼神韵，说明大楼真乃是内为扶桑之魂，外为满洲之形。"

177.鬼冢还是不放心："还是要多想一想，中国的诗词奥妙高深，崔文成饱读诗书，在这诗里会不会藏着什么？"郝明新："啊？这是藏头诗，还是谜诗？中国的诗谜有虾须格、徐妃格、秋千格、卷帘格几十种之多。这是不是一首藏谜诗？藏没藏着什么字？特别是那第三句，什么叫'扶桑的云'？怎么能出现这样蹩脚的句子？"

178. 于北光笑了："崔文成一身书生气，胆子小得可怜，一定是吓坏了，江郎才尽，才硬凑成这样的句子。不过那句'扶桑的云'更像是仿着日本的俳句风格，如此说来，不是更能体现日满亲善，共荣和谐？"

179. 鬼冢眼里露出狡黠的光："'扶桑的云'？哼！"他百思不解，只好摇摇头罢了。略一思索，鬼冢还是不放心，指着另一头端坐不出声的老先生："龙沙诗仙方成栋，你来说说？"

180. 众人把目光都集中到老学者方成栋身上："藏头诗？那不会的。从这首七绝的首字来说，那是'中北扶如'四个字，大家发表高见时，老夫按虾须格、卷帘格、秋千格，常用的三十几种谜格都套试了一下，怎么猜也看不出来与'中'字有关。"鬼冢这才满意地笑了。

181. 日本宪兵队。鬼冢心情极好，穿过大门，见宪兵训练。犬养在向士兵演示过肩摔法。犬养虚势向下，逼那士兵向上使劲，犬养借力，抓着那人胳膊转身，将那人摔过肩丢在地上。他整理着手套，一脸得意。

182. 一个身体壮硕的士兵上前，犬养犹豫一下，碍着面子和他过肩摔，反被士兵摔在地上。鬼冢上前："这样的，不对。"他上前使巧劲将那壮硕士兵摔倒。再上来几个，都被他使过肩摔摔倒，日本士兵没有人能打过他，他十分得意。

183. 山本的儿子山本三郎跑过来，要鬼冢教他。鬼冢比画着，告诉他如何用假动作，先压手向下，待对手向上使劲时，突然向上，将对方的手臂搭到肩上，摔过去。山本三郎和日本兵试试，日本兵不敢使真劲，却摔得有模有样的，都被山本三郎摔倒，孩子高兴地跑了。

184. 鬼冢进了山本办公室。向山本报告："专家的意见，崔文成的文章，特别是那首诗，都是颂扬日满和谐的意思。"山本犹疑的目光。鬼冢："大佐还需要慎重考虑？"山本摆手，鬼冢小心地出去。

185. 夜晚。山本家。山本盯着那张报纸清样沉思。桌上摆着《中国历代谜格大全》。夫人濑户晴子给他倒上茶，见山本焦躁的脸色，小心地退出去。

186. 濑户晴子哄儿子山本三郎玩剑玉。侍女："夫人，您尝尝中国厨子炖的嫩江鲤鱼，先生能喜欢吗？"濑户晴子看着儿子自己在玩儿，放心出去。

187. 山本三郎玩得兴起，回头发现母亲不见了，推开门，拿着剑玉过来找父亲玩儿。焦躁的山本一挥手，剑玉掉到地上，山本三郎哭了起来。濑户晴子急忙过来，捡起剑玉，拉起委屈的儿子，帮他抹去眼泪，拉他出门。

188. 记者招待会。前面坐着山本和崔文成，还有市府秘书长徐大富。于北光在台下。鬼冢和犬养带着日本宪兵站在门旁。崔文成平静的口吻："诚然，这座建筑巍然矗立在这里，是满洲最好的建筑、最大的建筑、最高的建筑、寓意最神奇的建筑！人们凭着自己的想象和追求，给它冠上各种形象的解释，这都是大家的引申联想和猜测，我的设计构思要体现的，主要在这四句诗里……"

189. 一个记者："听您的意思，无论如何这不是汉字的'中'字造型？"山本凶狠地盯着崔文成。崔文成从容地说："左长右短，并不对称，不是汉字'中'字，而且按照这个逻辑，那些门窗中间承重墙面凸起的墙体如果都是笔画，那会是个什么字？还有人说，如果墙体是象形的笔画，更像一个日文中的'駅'字。其实，建筑像字，是人们的想象，可建筑的精神，更多地体现在它的神韵，我的那首诗里说得明白，'扶桑的云为神韵'，这色调，这风格，这气势，更是日本大和文化的体现，因此，这座建筑是日满亲善和谐的象征。"

190. 一个记者："这么说，这是日满共荣的象征了？"山本满意的脸色。众记者议论纷纷。几个记者愤怒失望的表情。后排坐着的纯子头上缠着纱布，水汪汪的大眼睛里流露出来的是一丝忧伤。

191. 青云街小二楼。崔家。行李箱放在门口，纯子给孩子穿戴好了，一家三口下楼。叫好的人力车在楼下。

192. 楼下，山本带着人来了，笑里藏刀地："呵呵！准备走了？你的要去大连，然后转道去东京？"崔文成："泰山大人病了，没有人照顾，本来想和纯子一起去法国进修建筑，可眼下只能先回日本，况且，回日本也能解除你们的怀疑。"山本冷笑："哈哈！你的不会'暗度陈仓'？先跑到南京、上海，再转道欧洲，然后再告诉人们，这座建筑就是一个'中'字吧？"稻田纯子："我的父母都在日本，我们能逃到哪儿去？"山本指着崔文成："你要是言不由衷，说了谎话，你的岳父稻田秀夫的病也不会痊愈，为了验证你对大日本帝国的忠诚，我想请你们再留3天。"山本诡异地笑了。崔文成看了看街道，宪兵戒备森严，鬼冢和犬养分别守在两边街口，他知道走不了了。故作镇静地看着纯子和孩子。

193. 下午。火车站。于北光匆忙赶来，下了人力车往车站里跑，被宪兵拦住："宪兵司令送重要客人，任何人都必须走侧面通道。"于北光拿出证件："我是政府工务局的课长，兼《卜奎周刊》的社长，送站，绕过去就来不及了。"宪兵不听他解释，刺刀对着于北光，逼着他往后退。

194. 鬼冢下了三轮摩托车，快步过来。看到焦急的于北光，他看了看大楼正中的大钟，13：29，站内传出火车要开走的汽笛声。鬼冢奸笑着上前说："宪兵的不认识大名鼎鼎的于先生？"摆手命宪兵放他进去。

195. 月台上。山本正在送客人上火车。于北光气喘吁吁地跑过来。山本煞有介事地朝车窗挥挥手："代我问候稻田秀夫先生。"列车缓缓加速，于北光跑到山本跟前。一个个窗口风驰电掣般过去，于北光焦急的脸。

196. 山本："你也来送崔文成和纯子？他按承诺完成了那个报告，取道大连，回日本了。"

197. 早上。山本家。一家人正在吃早饭。鬼冢急匆匆进来："大佐阁下，真让您料到了，于北光以为崔文成真的逃走了，今天一早，就安排一中的学生在早市上发传单，说那首诗是退行谜诗……"山本急了："退行？什么的干活？"鬼冢："按行数选字，第几行就选第几个字，连起来的诗谜谜底是'中国的中'！"

198.小报特写。退行谜诗（**一个学生在读的画外音**）：**中**江举帆竖牌楼，北国名站誉满洲。扶桑**的**云为神韵，如日天**中**迎君侯。鬼冢拿着小报看着，指点着念着："中国的中？！"

199.山本将牛奶杯摔到地上："八嘎！传单的收回来，于北光的死了死了的！"鬼冢："大鱼市发的一百多份大部分收回来了，抓住的学生说，他们分五伙，那些分散在车站、小鱼市、山货皮货市场、苇子柴草市的人还没有抓到。"山本一怒将桌上的早点全划拉到地上。鬼冢小心地："幸亏您没放崔文成逃了……"

200.海山胡同小酒馆。于北光和挑夫头贾东山还有卖梨的张五哥喝酒，一脸的兴奋。贾东山："这招真高！一个早晨全市人差不多都知道了，'中国的中'藏在退行谜诗里，让狡猾的山本自己发布了谜诗，咱们只消告诉大家谜底就成了！"三人举杯，一饮而尽。一个学生模样的人跑进来，用袖子抹去额头上的汗："于先生，不好了，岸田让工头告诉咱们，崔先生没走成，鬼冢故意放风说崔先生去了大连，还骗你们好像亲眼看着他上车了。"于北光："坏了，崔文成危险了！"贾东山："娘的，小鬼子给咱来了个欲擒故纵。"

201.青云胡同，崔家楼下。贾东山领着于北光、工头，还有几个挑夫壮汉，在胡同拐角隐蔽，警惕地看着行人和楼房的外楼梯。挑夫装束的壮硕大汉："俺兄弟看着崔先生的日本太太刚刚被带走，家里只剩下孩子和保姆黄妈。"

202.宪兵队长鬼冢和几个日本兵将孩子抱出来，一行人走下外楼梯，后面黄妈追过来："你们不能这样，你们带走孩子，让我咋向东家交代呀？"宪兵狠狠地将她推倒，她向下滚着翻了几个跟头，死死抓住栏杆才停下来，额头磕破了流出血。宪兵们撕扯着想拦下她。鬼冢队长："带她走，要是崔改了主意，也好有人照顾孩子。"

203.墙角躲着的于北光："坏了！鬼子会用孩子威胁崔文成！咱们来晚了！"贾东山："怕他狗日的？咱兄弟们上手，抢回孩子就是了！"鬼冢督促日本兵抱着孩子坐上摩托车挎斗。几个挑夫兄弟搬起墙边竖着的梯子就要动手，想拦住摩托车。被于北光拦住："不到万不得已，千万不能暴露，那样崔先生会更危险。"

204.日本会馆。崔文成被关在里面。他坐在窗前桌旁，看着窗外，桌上放着别人代他写的澄清文章。标题是《火车站的新大楼——日本兵库县奎文阁式建筑在满洲的神奇再现》。下面正文只有一行字：齐齐哈尔火车站大楼，源自日本兵库……崔文成笑了，自语："日本还没有这种风格的建筑呢，这般牵强附会，怕是日本人看了都会忍不住要笑了。"山本进来："你的妻子你的不在乎，她是日本人，你的儿子，他的小命也不要了？"崔文成黯然片刻，嗫嚅道："谁说我不在乎？都是我的亲人！老师，大佐阁下，鬼冢君以我的名义，已经对这幢建筑的象征做过说明了，并且在《满洲日报》上发表了文章，再说几次，人们会更加关注这个话题，会认为此地无银三百两，是不是在欲盖弥彰。"山本："用你们中国人的话来说，你是不见棺材不掉泪。"一摆手，门外的鬼冢带着几个宪兵将崔文成带走了。山本脸上露出凶狠的表情。

205. 汽车拉着崔文成沿着龙华路来到火车站前。崔文成下车看着自己的杰作。雄伟的车站大楼，楼顶云端飞过一行丹顶鹤。崔文成心中十分感慨。山本站在他身后，冷笑一声："哼！这大概是你最后一次看到这幢建筑了，你要是再不配合，那也许让你消失了之后，我们掌控着舆论，让满洲国的文人一起来替你写出大楼象征的各类文章。"崔文成淡然笑道："可是，那些聪明的中国人会说，这幢大楼就是个'中'字，你们是在杀人灭口，欲盖弥彰，只会让更多的人坚信不疑，也会让那些将信将疑的人更加确信，这就是中国的'中'字。"山本恼怒了，命人推搡着崔文成进了大楼。

206. 大楼顶上。冷风吹过来，崔文成的头发在飘动。山本："你要是不按我说的去做，你，也许先是你的儿子，就会从这上面摔下去，成为这幢大楼上死去的第一个人。"崔文成突然纵身跃起，想从女儿墙上翻过去跳下，早有准备的日本兵迅速从墙的两侧冲出来将他拦住，拽着他的头发将他拖回来。

207. 按山本的示意，宪兵揪着崔文成的头发，让他看着远处的景象。东面那片芦苇荡，白云飘飘，鹤群鸣叫着飞过。山本嘲讽道："哼？！你想成为从这楼上跳下去自杀的第一人？我当年教你时讲过，法国的埃菲尔铁塔从建成开始，就不断地有人跳下自杀，只有第一个人让人们记下了他的名字，你想成为火车站大楼上跳下来的第一人？这个殊荣我决定给你的儿子！"崔文成："你不配做老师！你是恶魔！你是残忍的刽子手！你是杀人不眨眼的魔王！"

208. 山本冷笑，一招手，孩子被带上来。孩子扑上前来："爸爸！"鬼冢斜着冲出，腿一扫将他扫倒在地，孩子的脸磕出了血，趴在地上叫着："爸爸！"鬼冢一只脚踩在他的脸上。崔文成脸色大变："鬼冢！你这个畜生，放开我儿子！"鬼冢脚下加劲，孩子惨叫，鬼冢在狞笑。

209. 崔文成只好转过头来求山本："山本老师，你们不能对一个孩子下毒手！"说着想上前去抱住孩子，鬼冢摆手，两个日本宪兵将他拉住。

210. 山本面目狰狞，两个日本宪兵把孩子按坐到地上，孩子脸上都是鲜血。山本冷笑："我又是你的老师了？哈哈！我不是恶魔了？为了儿子你要来求我了？"两个日本兵把孩子推到楼顶女儿墙的垛口处。

211. 鬼冢提着孩子的一条腿，孩子身子全悬吊在外面，风吹得孩子直摇晃，他吓得脸煞白，虽然十分害怕还是不肯求饶。崔文成泪流满面。他将流到嘴里的泪水咽下，仰起头嚷着："山本，我不会答应你的条件，我和我的孩子一起从这儿去阎王殿，召来厉鬼，杀尽你们这些豺狼恶魔！"

212. 山本一招手，犬养带着几个宪兵推着纯子上了楼顶。"儿子！"纯子拼命冲过去，却被宪兵拖住，鬼冢揪起纯子的头发，让她只能仰起脸来看着孩子挣扎。

213. 宪兵把孩子双脚捆住，吊在大楼的外墙上，在高处随风摆动。孩子哭喊几声，吓得昏了过去。鬼冢把绳子的另一头绕着崔文成的脖子缠了一圈，绳头拿在手里，让他咬住："你要是咬不住，你儿子就会摔下去，你的设计报告上说，这座大楼的高度为三十七米，你的儿子摔下去，一定活不成。"说着将绳头塞进崔文成的嘴里。鬼冢狰狞地笑笑，突然眼睛一瞪，一摆手，前面扯着绳子的两个宪兵手松开了，被吊着的孩子急速下坠！

214.孩子的重力扯紧绳子，将崔文成的脖子勒紧，脸呈紫色，他几乎昏迷，可还是死死咬住绳子，踉跄着被向前拖了几步，倒在地上，牙齿还死死地咬住绳子。他眼睛慢慢凸起，脸涨得通红，张大嘴喘不上气来。

215.纯子双手被捆着推搡过来，她看到崔文成死命挣扎，不顾一切冲过去，用嘴咬住绳子前端帮崔文成往上拉，崔文成缓过一口气，没被勒死。他眼见妻子嘴咬出血，声嘶力竭地叹道："为了'中'字楼永远矗立在中国的土地上，我陪儿子去了，你快放开！"

216.纯子凝视崔文成片刻，突然松开嘴，绳子又勒紧了崔文成的脖子，让他猝不及防，下意识地咬紧绳子，被扯倒在地，向前拖着到女儿墙垛下面，墙角增加了摩擦力，他才停下来。

217.纯子跪在地上："求求你们放了孩子，他不是崔文成的儿子，他不是中国人，他是日本人！"

218.倒垂身子的孩子像钟摆一样随风晃动。楼顶咬着绳子的崔文成被勒得眼睛凸起，嘴角流血，喘不上气。

219.鬼冢十分惊诧："你说什么？！"纯子："他是渡边

家的孩子，当年父亲不让我嫁给中国人，强迫我和渡边光夫结婚。结婚当晚，渡边家怕我吵闹，偷偷骗我喝下迷酒。第二天一早，我们悄悄登船逃到中国上海，一个月之后才结婚。可这孩子是结婚之前就有了，是善良的中国人，不顾忌他的出身，善待他、抚养他长大。你们是在犯罪，是在杀死日本人，杀死自己的同胞，我只要有一口气在，一定会控告你们的罪行。"

220. 鬼冢抽出战刀劈向拴着孩子的绳子："贱女人，你为了保住和中国人生的杂种，竟然污蔑渡边家！"山本制止："八嘎！"

221. 山本招手，宪兵们将孩子拉上来，崔文成早被勒得昏迷不醒。宪兵割开绑着纯子双手的绳子，纯子将儿子搂在怀里，泣不成声，又抱着孩子连滚带爬地到了崔文成身边。

222. 鬼冢气急败坏："大佐阁下，据我所知，6 年前稻田秀夫那个老混蛋一定要将纯子嫁给渡边光夫，也不肯让她嫁给我，纯子出嫁之前的那天晚上，趁着婚礼热闹的工夫，纯子和一个用人小鹿真子互换了衣服，偷偷地跑到码头登上船，跟着崔文成私奔了，跑到上海才生下这小杂种，他怎么可能是日本人？"

223. 鬼冢命人将孩子拖到面前，指点着："瞧这杂种的样子，怎么看都不是我大和民族的种！"

224. 纯子给崔文成做人工呼吸，身体一起一伏，眼睛瞅着孩子。

225. 山本和鬼冢盯着那个瞪着大眼睛怒视着他们的孩

子，想从他脸上找到像日本人的根据。山本一只手摸着孩子的头，另一只手拉着孩子的手说："你的知道？因为你是日本人才不杀你。"孩子倔强地说："不！我就是中国人！我不怕死！"山本气急败坏，拉孩子的手逐渐加劲："你的说，承认你是日本人，就饶了你不死。"孩子瞪着眼睛就是不屈服，疼得眼泪都流出来了。

226.崔文成苏醒了，坐起身来大声骂道："你是凶恶的豺狼、狠毒的魔鬼，你蛇蝎心肠，你不配为人师表。你有本事冲我来，放了孩子。"纯子挣扎着、哭叫着扑过去，宪兵揪着她的头发，不让她靠近孩子。纯子："儿子，你是日本人，你叫渡边太郎，你爹叫渡边光夫！"鬼冢嘿嘿地冷笑。

227.孩子拼命挣扎，小手还是挣不出来，大声嚷着："不，我就是中国人。"山本一使劲，折断了孩子的一根手指。孩子惨叫一声，昏了过去。这时鬼冢才放开纯子，纯子冲过来，搂着昏过去的孩子，指着山本痛哭叫骂。山本诡笑，鬼冢嚷着："八嘎！"

228.宪兵司令部。鬼冢向山本报告："长春本部调查课通报，渡边光夫，在蒙疆骑兵支队。"山本："蒙疆骑兵支队？""我的叫他，立即过来。"

229.宪兵司令部。山本焦急地来回踱步。电话响了，侍从将电话递给山本："什么？渡边光夫被游击队埋的地雷炸成重伤？八嘎！这个短命的杂种！他在出发前就接到过调查电话，那件事，他的说过什么？什么……？他昏迷了？给他打强心针！强心针！告诉小野大佐，大本营命令他必须救活渡边光夫，救活他！给他打强心针！强心针！"电话里发出一阵嘈杂声，山本气急败坏地丢下电话，电话机从桌沿垂下，悠荡着，里面还在说着日语。

230. 鬼冢一脸疑惑的表情，小心地问山本。山本无奈地说："渡边光夫这个短命鬼，生前只说过一句话，那天晚上醉了。"鬼冢急着问："他到底当没当上新郎？"山本两手一摊："死了。"鬼冢："就说到这儿？说到这儿就死了？那还怎么利用那个小杂种让崔文成屈服？"山本："杀个大日本的孩子他还能那样拼死相救？这小孩到底是不是渡边光夫的？"山本疑惑的眼神。

231. 夜晚。监狱里。崔文成和纯子搂着孩子。孩子的手指缠着白色的纱布，用木板固定着。睡梦里孩子疼得还在抽搐。纯子将他紧紧搂在怀里。崔文成："哎！你不该为了孩子毁了自己的名誉。"纯子："不这样，怎么能保住孩子？"孩子早醒了，瞪大眼睛静静地听着。突然，他坐起来："爸爸！我就是中国人！我死也不当日本鬼子。"崔文成警惕地四下看看，指指耳朵，示意纯子隔墙有耳。然后把孩子深情地抱在怀里。月亮透过铁窗照进来柔和的光，一家三口紧密地依偎在一起。

232. 崔文成突然起身怒骂："你们日本人毫无廉耻之心，不懂得贞操胜过生命的女人，不能再当我崔家媳妇，你们俩给我滚出去，从现在起你们不是我崔家的人，别玷污了我崔家的名声。"手上比画着隔空写字，见纯子惊得呆住了，又坐下在纯子手心里画着：保护好咱们的儿子。纯子强忍的泪水夺眶而出。孩子十分惊讶地看着崔文成，似乎从他的眼神里读懂了一些重要的东西。忍着不让眼泪流下来，小声道："爸爸。"

233. 日本会馆。鬼冢在招待纯子和孩子。侍女端上日本菜肴——生鱼片和寿司。纯子小心地应酬，眼神里透着恐慌。鬼冢端起一杯清酒："你本来就不该舍下父母还有家人来中国，嫁给支那人，这个时候他把你羞辱了，抛弃了，我替你报复他。"纯子："不！不能那样！"鬼冢将酒杯重重地摔到桌上："为什么？他一个支那人敢欺负我大日本女人，我就要报复他！"

234. 孩子急了，一盘寿司丢到鬼冢面前，他力气小没能丢到鬼冢的脸上，可那些散乱的食物还是溅到鬼冢身上："不准这样对我妈妈！"鬼冢起身将孩子揪起来，孩子怒视着并不屈服。纯子："鬼冢先生，求求你放过孩子。"鬼冢："嘿嘿！放过他吗？也不是不行，你的，带着他马上回东京，去找渡边家认祖归宗，不去的话，就说明他是中国人的种，我一定得捏死他！"

235. 纯子："鬼冢先生，这孩子真的是渡边家的，只是要认亲，是需要渡边家也认可的。光夫君阵亡了，不知道他死前告诉过家人没有，要是他的家人不认可……"鬼冢："他跟崔文成的脾气一样，长得也很像，渡边家没有这样的双眼皮，况且他连和服都不肯穿，不肯吃寿司，他就是中国人，你就不要再撒谎了。"纯子急了："鬼冢先生，只要放过孩子，你对我怎么样都行。"

236. 鬼冢丢下孩子，转过身拉过纯子，纯子挣扎一下，又浑身颤抖着缩成一团不敢反抗。鬼冢冷笑着："我对你怎么样都成？嘿嘿！"鬼冢狂叫着撕开纯子的衣领，露出雪白的肩膀。纯子掩着胸，下意识地挣扎："孩子，孩子还在这儿，你不能……"鬼冢冷笑："你不是想献身救夫救子吗？！"

237.鬼冢淫笑几声，突然翻脸，揪起纯子的头发，撕扯她的衣服，纯子的上衣被扯开，几乎裸着胸。孩子上前，猛地往上一蹿，跳起来抓住鬼冢的手狠咬一口，疼得鬼冢一声号叫，一拳将孩子打倒，又揪起来掐紧孩子的脖子。孩子脸色变青，不停地挣扎着。侍女拉住纯子让她无法靠近。纯子扯着衣服掩着身子，跪在地上哀求鬼冢："就是退一万步，崔文成宁可死，也不肯屈服，就是杀了孩子，也帮不了你啊！"鬼冢悻悻地将孩子丢在地上，孩子已经昏迷不醒了。

238.山本焦急地在房间里踱步。鬼冢和犬养小心地陪着。一个宪兵进来："大佐阁下，崔文成在发火，要赶走纯子和孩子。"犬养："大佐阁下，崔文成这是在演戏，想保护纯子和他儿子。"鬼冢做了一个抹脖子的手势："杀了他，逼崔文成就范。满洲国皇帝来齐齐哈尔的日子马上就要到了，要是让军部和大本营知道大楼是'中'字造型，我们就没法交代了。"山本："不可以。崔文成的山东老家还有什么人？"

239.崔文成被带进一间屋子，他坐了片刻，纯子和孩子也被带进来。见了崔文成，纯子眼里露出温柔的神色。孩子怯生生地看着崔文成，想亲近又有些犹豫。崔文成见孩子脖子上有深深的掐痕，十分心疼。他仰起头强忍着泪水。山本站在门口狡黠地笑了："崔文成，你的娶了日本媳妇，依照你们中国人的规矩，还没让她拜过公婆吧？"崔文成惊愕片刻，他和纯子没来得及回答，山本拍拍手，崔文成的父母，还有童养媳、弟弟都被带进来了。

240. 山本坏笑："看来这些中国礼仪上的事只能由我这个当老师的为你安排了。"崔文成冲过去："爹！娘！"崔文成跪在地上泣不成声。纯子紧跟着跪在后面。崔母泪流满面："儿啊！"激动得说不下去。崔文成的父亲见崔文成的儿子萌萌地站在那儿，顿时明白了："这是我大孙子！我的孙子！"

241. 山本："老人家，你的儿子，我的学生，他的学业的很好，为我争得过荣誉。可是，他骗了培养他的大日本帝国，骗了你们的满洲国皇帝。你只要劝他出面说明白了，那幢楼是日本九州一幢大厦的仿制品，外形是日文'駅'字的造型，就行了。我的推荐他回日本，到他的母校当教授，也可以由满洲国政府出钱，送他去法国学建筑。如若不然，那你的孙子就得和你儿子一道下地狱。你的明白？"

242. 鬼冢配合着早将战刀抽出，钢刀劈下，寒风一般扫过。山本见崔文成的娘吓得浑身发抖搂着孙子，崔文成的父亲却轻蔑地看着鬼冢。显然，崔父不想这个时候闹僵了，忍着怒火，拳头攥得紧紧的。

243. 山本摆手让鬼冢收起战刀："当然，要是你深明大义，听从满洲国政府和关东军的安排，那就是另外一番情形，你就能享受儿孙绕膝的天伦之乐。"

244. 纯子看了看那个梳着一根独辫子的童养媳，并不介意，亲热地笑了："来弟？"童养媳怯生生地看着她。

245. 日本会馆。山本设宴招待崔文成的父母和童养媳，还有弟弟。崔文成和纯子、孩子都在座。山本："老人家，好好劝劝你儿子，你要是不喜欢日本儿媳，等崔文成在市议政会上发表完讲演，让他跟你回老家，再正式娶你们家童养媳。我的，金票的给你，盖房子，买好地。要是两个儿媳都喜欢，就让崔文成带着她们一起去日本东京，去巴黎，去全世界各地。"说着举起酒杯敬崔文成父亲。崔文成父亲从怀里掏出一个扁扁的铜酒壶："我喝不惯你们的清酒，一股子怪味还没劲儿，我还是喝老白干吧。你要不要尝尝？这酒甘洌清醇，这才是真正的男子汉喝的酒。"

246. 山本欲怒，又忍住，自己将酒喝下。鬼冢对崔文成父亲说的"真正的男子汉喝的酒"这句话十分不悦，抢过酒壶倒满一杯，一饮而尽，辣得直吐舌头。山本不屑鬼冢的表现，摇摇头，厌恶地看着崔文成的父亲："好吧，你们一家人团圆了，好好商量商量。"说完他走了，日本兵连同日本侍女都走了。

247. 崔父瞅着孙子不说话，眼神万般喜爱。崔母盯着纯子看，纯子羞涩地低着头。崔文成看了看左右和窗外："爹！您咋和娘一起来了？"弟弟："哥，日本人派人到家里说你参加抗联被逮捕，押在齐齐哈尔马上要处决，爹卖了咱俩从小养大的那头牛，凑了钱来赎你。爹一走，他们又来了，说爹在路上病危，我们跟着他们出来找爹，就这样，一家人被他们强逼着都来了。"

248.（闪回）山东文登河南村。牛贩子强牵着牛要走，牛不肯走，崔父抓起一把青草喂牛，拍拍牛的脑袋，牛硕大的眼睛流着泪甩着尾巴走了。

249.崔父在手掌上数几枚银圆。崔父肩上背着褡裢，拿着钱出门。崔母追出来，摘下手腕上一个金镯子递给丈夫："他爹，穷家富路，何况还得拿钱赎文成啊！"崔父流着泪，摇摇头："这可是你的嫁妆啊！"掂量一下，无奈地将镯子揣进怀里，扭头走了。（闪回完）

250.一家人正说着话，山本和鬼冢带人闯进来。鬼冢命人从崔母怀里拉过孩子，凶神恶煞的宪兵用刺刀对着孩子，一家人都惊呆了。孩子心里害怕，仇恨的眼睛瞪着鬼冢，鬼冢怒道："死了死了的！"山本高深莫测地笑笑："老人家，你们想得怎么样了？"崔父："山本先生这么看得起俺，俺们一家人当然得识抬举了。不过，俺这儿犟得厉害，得让他娘好好劝劝他。"崔文成不认可爹的话："爹？！"山本冷笑："那我就等着了？"

251.屋子里只剩下崔家人。崔文成："爹！这事关系到民族气节，我不会听您的。"崔父："混账！你的书都白念了？不就是写篇文章，去市议政厅说个话吗？说你设计的那座楼仿照日本建筑又有啥？像啥有啥关系？那座楼究竟像啥？都在大家心里搁着呢！咱为保住孙子按山本说的做，咋就没气节了？"崔文成愣了，一向正直爱国的父亲怎么会这么说？他一时找不到反驳的话。崔父还在说："为了我孙子，咱家啥都能舍得，哪怕是搭上我的老命！不就是发表一篇狗屁演说吗，说就说嘛！那算啥？"

252.午夜。日本会馆的一个单间。昏暗的灯光下，崔文成和纯子、孩子，还有崔母和童养媳、弟弟围坐在一起，众人惆怅满腹，一家人无语。崔父在一旁喝着自带的烧酒，望着窗外。夜幕里，隐约能看到那幢雄伟的车站大楼。

253.崔母拉着孙子的手，轻抚着那根断指，心疼得落泪："乖娃，你在咱家是'清'字辈的，你大名叫崔清霖，你要好好活下来才能承继咱家的血脉，保住命才能报仇雪恨。"孩子似懂非懂地看着奶奶，眼睛里露出坚毅的神情。

254.纯子朝崔母跪拜。崔母抚着纯子的手，像是说给纯子，又像是自语："这闺女漂洋过海，离开爹娘亲人，跟了咱家大成子，别管是哪国人，娘还有啥不愿意的？唉！大成家的，你可别介意这个童养媳，来弟当年跟着她爹从河南逃荒路过咱家，她爹就病倒了，后来她爹死了，她成了孤儿，无依无靠的，就留在咱家当闺女养着。"纯子："娘，您不用说，我懂的，我知道，文成告诉过我咱家这一切。"来弟低着头听着，并不出声。纯子警惕地看着窗外。

255.窗外走廊。鬼冢和几个日本宪兵来回走过，特意踮起脚，扒着窗看来弟那根独辫子。鬼冢淫荡地比画着，一脸坏笑。

256.来弟顺着纯子的目光一看，窗子上是鬼冢淫笑的脸，来弟十分恐惧，蜷缩在崔母的怀里。纯子："娘，您不该带着妹妹来。"崔母明白了，愁容满面："这可咋好，来弟要是有个三长两短的，我咋向她死去的爹交代……"窗外，鬼冢和日本宪兵肆无忌惮的淫笑声传进来，来弟眼中露出惊慌失措的眼神。纯子看了片刻，拉着来弟的手。纯子："娘，我领妹妹去厕所。"

257. 会馆长廊。一个侍女领着纯子和来弟走过去。鬼冢拦住询问。侍女："去厕所（日语）。"鬼冢和日本宪兵不怀好意地盯着来弟。来弟惊恐地慌忙走过去，一根独辫子系着红头绳摆来摆去。

258. 宪兵们警惕地在院子的长廊里来回巡视。厕所里突然传出女人吵骂的声音。宪兵们有些困惑，摘下背着的步枪跑过去查看。门口的日本侍女弯着腰解释："纯子和那个村姑如厕。"里面的吵骂打斗声更大了，似乎在进行生死搏斗。

259. 鬼冢闻声过来，侍女木然地说："两个女人在如厕。"鬼冢凶狠地推开侍女，抽出战刀，带着几个宪兵冲过去。门紧扣着，里面传出砸东西和厮打的声响。鬼冢一脚踹开门，只见穿着和服的纯子和穿着大襟夹袄的来弟撕扯在一起。鬼冢闯进来："八嘎！死了死了的！"来弟放开手，被压在身下的纯子脱身跑出房门。来弟似乎被抓破了脸，手捂着眼睛哭叫。鬼冢命人将来弟带走。来弟捂着脸哭着被带回崔母的房间。

260. 穿着和服的"稻田纯子"跑到门口，宪兵横着刺刀拦住。岸田正要进门，他看了一眼纯子，纯子急忙低下头。纯子的和服下摆露出了麻花布裤脚，腿在簌簌发抖。岸田："日本女人？开路的快快的。"门岗放她跑出去。

261. 崔母搂过始终低着头的"来弟"："那个日本女

人看上去柔弱，下手竟然这般狠毒？女人对女人咋能下得了狠手？到底是日本人才这般凶狠。"一握手腕摸到刚刚给她戴上的那个玉镯，崔母明白了，摇着头流泪："孩子，你不该呀！虽然你是日本人，也难逃魔爪，可怜我的好儿媳。"

262. 鬼冢进来，一摆手，几个日本宪兵上前拉起"来弟"。如狼似虎的宪兵将"来弟"揪到崔母面前。"来弟"似乎脸上被抓伤还很疼痛，手捂着脸。鬼冢怒道："既然你儿子不肯听大日本皇军的安排，不肯忠于天皇，他的童养媳就得侍候日本人。"崔母看着低着头的纯子，一时不知所措。

263. 昏暗的灯光下，鬼冢淫荡的眼睛看着低着头的"来弟"，鬼冢摘下手套摸"来弟"的脸。"来弟"突然发怒，一口咬住鬼冢的手指，疼得鬼冢狂吼一声，使劲将手指从"来弟"嘴里拽出来，食指几乎被咬断，疼得他甩着手直抽凉气。鬼冢抽出战刀猛地砍过去！羸弱的崔母一跃而起，抢过去护着"来弟"，被战刀砍中后脑划到后背，鲜血四下飞溅，崔母扑倒在地。

264. 鬼冢的战刀又劈向"来弟"。"来弟"惊叫一声"娘！"，紧急时刻喊出来的是日语。

265. 鬼冢的战刀在半空中瞬间向右砍下，从纯子的肩膀旁边劈过，再举起来在空中停住了。鬼冢："八嘎！怎么是你？！那个童养媳跑了？"鬼冢用刀背砸向纯子的肩膀，纯子痛苦万分地蜷缩在崔母的尸体上。鬼冢："快去！抓住童养媳！"宪兵们端着上了刺刀的步枪追出去。

266. 昏暗的路灯照着街道。穿着和服的来弟慌不择路，急急逃命。她转过胡同，回头看去，一队日本宪兵追来。狼狗猎猎狂叫，来弟慌忙脱下绊脚的木屐，丢到暗处，穿着袜子撩起和服下摆飞快跑起来。

267. 宪兵们追来，四下寻找来弟，狼狗鼻子打着喷嚏，四下嗅着，叼起电线杆子下面的一只木屐，宪兵们转进胡同继续搜捕。

268. 惊慌失措的来弟一边跑，一边回头看着越追越近的日本宪兵。她实在跑不动了，蹲在一扇黑漆的大门前喘着粗气。日本宪兵越追越近，狼狗凶狠地吠叫着。来弟惊恐地隐藏在大门旁。

269. 突然，几个追击的日本宪兵身后一声爆炸，狼狗和两个日本宪兵被炸得倒在地上，剩下的两个日本宪兵顾不上追来弟，惊慌地端着步枪回头搜去。

270. 绝望的来弟站起身，却紧张得跑不动了。身后大门一侧的一扇小门悄然开了，一个人将她拉进去，一个人伸头警觉地向外看看，此人是贾东山。

271. 日本会所。穿着中式夹袄的纯子被推进来。山本冷笑："虽然我和稻田家有多年交情，可是，你对大日本天皇不忠，我也保不了你。"鬼冢："纯子放跑了崔家童养媳，就是跟大日本皇军为敌。"山本摆手，命宪兵将她带走。纯子："你们要是还念及一点儿同胞之情，就让我再看一眼孩子。"

272. 会馆的房间。山本进来，见崔父还在旁若无人地喝酒，上前坐到对面："你的儿媳纯子放跑了你家的那个童养媳，我们只好拿她和你的孙子惩罚你崔家了，不过，只要你的儿子和我们合作，这个决定还是可以改变的。"老人依旧饮酒，并不搭话。

273. 崔父拿起酒壶倒上自己的白酒，劝山本喝酒，山本不肯喝，又受不了崔父轻蔑的眼光，一摆手一个宪兵上前，一口饮下那杯酒，瞬间倒地不起，嘴里吐着黑血。崔父示威似的，自己倒上酒，一口喝下，摇摇头，却没有事。喃喃地嘟哝着："心地善良，喝下舒畅；心里邪恶，阎王请客；逞凶猖狂，喝下必亡；杀人施暴，地狱报到。"山本看着酒壶，吓得心惊肉跳。

274. 鬼冢急忙招手，一个宪兵过来，上前去抢崔父手里的酒壶，被崔父使出功夫就势抓过他的手臂，将他按在桌上，抢起酒壶砸得他脑浆迸裂。

275. 醒过神的宪兵们上前去要杀崔父，屋子窄小，长枪刺刀施展不开，倒被崔父使出功夫打得东倒西歪，哇哇乱叫。

276. 崔父趁乱将山本控制住，抓住山本头发，强行灌山本喝毒酒。山本哇哇叫着，挣扎不过，被崔父掐着脖子强灌几口，他咬紧牙关，酒全洒到衣服上。崔父又将他按跪在地上，踩着他的腿弯，捏住他的鼻子，山本喘不过气，张大嘴被灌进一口，吓得几乎要昏了，不敢再挣扎，跪坐在地上闭上眼睛，两手合十求饶。崔父："放了我的儿子、孙儿，我给你解药，要不然你必死无疑！"

277. 鬼冢挥刀砍向崔父，崔父飞起一脚踢起地上的一只碗砸向鬼冢面部，不料被鬼冢用刀砍碎了。崔父一脚将桌子踢倒，上前抓鬼冢。鬼冢欺崔父年老，丢了战刀和王八盒子，脱下上衣拍着胸脯和崔父搏斗。

278. 鬼冢抓住崔父的胳膊转身想使出过肩摔，没想到被崔父使个"千斤坠"，鬼冢抓住崔父却背不起来，气得眼睛瞪得像牛眼睛一样凸起来。崔父一脚踹向他的腿弯，鬼冢跪倒在地，崔父一脚将他踢倒。

279. 山本怕被酒毒死，使劲抠嗓子想吐出酒来。崔父抢过去抓住山本，手臂勒紧了他的脖子，山本翻着白眼。崔父环顾左右，告诉围在左右的鬼子："放了我崔家人，不然，这畜生死定了！"

280. 崔文成的弟弟堵在门口，和日本宪兵搏斗。拦着不让他们进屋增援。尽管没有武器，可他练过功夫，将几个日本宪兵打倒在地。日本宪兵被打怕了，爬起来躲得远远的，端着枪，虎视眈眈地看着他。一个宪兵曹长下令："开枪！"（日语）

281. 鬼冢从地上爬起来，见山本被崔父勒得直翻白眼，快要死了。一摸枪套，里面的枪早被他为了显示武士道精神，丢在不远处的地上。他只好摆着手假装愿意商量。起身举着双手，慢慢靠近崔父。崔父勒着山本脖子，慢慢转过头来面对着鬼冢。鬼冢拍着手慢慢靠近："不要紧张，咱们的商量商量。"犬养闻声跑过来，掏出手枪开枪，崔父中弹倒在血泊中。

282. 弟弟听到枪声，用脚挑起板凳砸向日本宪兵。趁他们躲闪之际，一个箭步冲过去。崔父强喘出一口气，丢出怀里的酒壶，把犬养的手枪砸落在地上。弟弟上前，一脚踢翻了犬养，只一个简单的过肩摔将鬼冢摔翻，左脚踩着他的战刀让一头翘起，右脚踢起来，半空中伸手抓住战刀，奋力劈向鬼冢。门口的宪兵开枪了，弟弟手里的战刀落地。

283. 弟弟倒在地上，嘴里流出血向父亲爬过去。醒过神来的鬼冢气恨极了，爬起来捡起战刀，狂叫着劈向弟弟。

284. 纯子被拖进门来，她看着崔家人倒在血泊里，泪流满面。山本揉着被崔父掐伤的脖子，使劲吐着，他总感觉毒酒还没吐尽，指着纯子："你的，背叛了大和民族，你也随他们一起去见中国人的阎王爷！"纯子："孩子！我的孩子！"

285. 鬼冢："孩子！剁成肉酱！"山本摆手："要想让你儿子活，你必须替崔文成出席市议政会，就说崔文成的身体有病，由你宣读他的一篇讲话，还要说明，此前的那首退行谜诗是反满抗日的人逼着他写的，是反满抗日分子抓了你们的孩子，他才不得不这般说。"山本见纯子沉默着，一摆手，两个宪兵将孩子拖进来。

286. 孩子看到地上躺着的爷爷和奶奶，非常害怕。山本看着孩子对鬼冢哂笑道："崔家人有祖传的中国功夫，要是长大了，你鬼冢晋三虽然剽悍，可也未必是他的对手。"

287. 鬼冢不服气地哼了一声，用刀尖抵着孩子的咽喉。孩子被逼到墙边，靠着墙没法再退，吓得喘不过气来。鬼冢见孩子瞪着仇恨的眼睛毫不退缩，使劲挺着刀，孩子斜眼看着地上血泊中的爷爷和奶奶，突然眼睛一亮，脖子迎着刀尖毅然决然地顶上去，咽喉处流出鲜血。鬼冢没得到山本指令，只得往后退半步。

288. 纯子："放了我的孩子，我答应你们！"孩子被松开跑过去抱着纯子。纯子撕下袖子给孩子包上咽喉处流血的伤口。孩子："娘，我不怕死！"鬼冢："八嘎！死了死了的！"两个宪兵凶神恶煞地冲上去，将孩子扯到一边。

289. 纯子："我必须确定我的孩子安全了，才能出席市议政会宣读那篇声明，否则，大不了鱼死网破。"纯子目光坚定。山本："如今，你丈夫还在等你救他，你婆家再没有活人了，把孩子交给谁，你才确认他是安全的？"纯子一时语塞。

290. 一个日本宪兵进来，递给山本一个文件夹："大佐阁下，长春本部长官电报。"山本片刻看完，眉头紧皱。他啪的一声合上案卷："满洲国皇帝来齐齐哈尔视察的时间提前了，你必须在市议政会上宣读崔文成的声明，说车站大楼的造型是模仿日本的著名建筑，或者是日文的'駅'字，否则，你只能和这些人一起被丢到芦苇塘里成为烂泥。"

291. 山本一摆手，几个宪兵进来，抬起崔父和崔母的遗体往外走，血流了一路。纯子死死搂住孩子，却被宪兵凶狠地抢过去拉走。

292. 地上，崔父的铜酒壶斜靠在桌腿上，酒还在汩汩向外流着。纯子冲过去拿起酒壶，鬼冢上前夺下来，晃了晃，似乎已经没有多少酒，随手丢到地上，猛踩一脚。铜酒壶太硬，硌得他龇着牙直抽冷气，气愤地一脚踢开。鬼

073

冢走到门口，回头凶狠地对纯子说："你要是不答应，今晚就将你送到慰安所。"

293.上午。一个不大的会场。市府秘书长徐大富坐在前台。下面坐的是商界人士、社会名流和一些记者。徐大富："各位女士、先生，满洲国政府批专款建设的车站大楼，不仅是我们齐齐哈尔市的荣耀，更是日满亲善的永久纪念碑。关于这个大楼的象征，总有人心怀叵测，制造谣言，扰乱视听。今天，我们特意请到了大楼的设计者，工程师崔文成先生的夫人前来代他郑重说明这幢大楼的真实象征意义。此前，崔先生出席记者会发表过退行谜诗，说这幢楼的造型是啥'中国的中'，那是因为他们的孩子被反满抗日分子劫持，他们受到威胁，他才不得不说出那样的话。如今，崔先生还因为受到惊吓大病不起，好在他写了这篇文章以正视听，下面由他的夫人替他宣读文章。"商会会长等人带头鼓掌，下面响起稀稀拉拉的掌声。徐大富："有请崔夫人稻田纯子女士。"众人的目光都转向门口。

294.一个日本侍女在前面引导稻田纯子穿过走廊，走向会场。山本一身西装，眼睛里透着杀气，站在纯子通过走廊的一侧门内。纯子通过时他恶狠狠地威胁道："纯子，崔家的命运就掌握在你手里了。"（日语）山本命侍女递给纯子那份稿子。

295.稻田纯子来到台前，向众人鞠躬，然后坐在台上。她脸色苍白，焦虑万分地看着下面，看着后面的影壁墙，却并不看手里的稿子，似乎在寻找什么。众人等了一会儿，她并不说话。下面的人议论起来："不是说崔先生上次是受到威胁吗？她这样是不是也有人威胁她？"众人议论的声音越来越大。

296. 会议室后面一侧的走廊。山本急了，一摆手，鬼冢在影壁墙后面一侧将孩子推搡出来。纯子看到了孩子，深情凝视着还在犹豫。

297. 一个胸前挂着照相机、记者模样的人突然站起来，原来是于北光，他问："你们是不是在胁迫崔夫人，让她说她不愿说的话？"鬼冢一摆手，4个宪兵上前要抓他。于北光大声喊道："那天崔文成在记者招待会上不是说明白了吗？为啥还要画蛇添足？是不是要欲盖弥彰？为什么不敢让记者问出真相？崔先生就是病了，也应当到现场来，证明这个声明是真的吧？"会场上众人议论纷纷，指责宪兵的出现影响了会场秩序。场面大乱，山本狠狠地瞪着于北光，看着众多记者疑问的目光，只好制止宪兵动手。

298. 沉重的脚步声。众人被走廊里迅速出现的一队端着步枪的宪兵人墙吓住了，大家都不敢说话，等着纯子讲话。徐大富急忙打圆场："看来纯子女士此刻很紧张，请大家耐心等待，让她缓口气再向大家说明白。"

299. 于北光顺着纯子的目光向后看，透过宪兵的肩膀，他看到了后面影壁墙一侧，鬼冢和几个宪兵控制着孩子，孩子要喊叫，被捂着嘴掐住脖子，瞪着大眼睛。他明白了，起身向后面走去。

300. 于北光举起相机对着孩子和鬼冢拍照，闪光灯照亮了影壁墙。人们都转过脸回头看。鬼冢怒不可遏，本能地号叫："八嘎！"没等前面的记者和其他人起身过来，于北光早被按倒在地上。众人闻声回头看去，五六个宪兵齐刷刷地端着刺刀站在那里，挡住了大家的视线。

301. 台上的纯子看到：鬼冢在影壁墙一侧举起战刀，做出架势欲砍墙壁边缘露出的孩子脑袋。鬼冢凶狠的眼睛瞪着纯子。见纯子还不开始读稿子，战刀划过孩子的后颈，再举起来刀刃滴着血。孩子瘫软在地上。鬼冢将孩子拽起来，孩子垂着头似乎没有生气了。纯子不再抱任何希望，泛着泪的眼睛目光坚定起来。

302. 鬼冢知道此事做得过了，本来只是想吓唬纯子，传递给纯子的画面成了真的杀了孩子。鬼冢手足无措地看着军刀上滴下的血。一侧门里，山本责怪的脸，气急败坏的眼神。

303. 以为孩子被杀死的纯子再无顾忌，毅然站起来鞠躬示意："对不起，让大家久等了，我丈夫设计的大楼必将永存于世，它的造型就是中国的'中'！我作为中国人的媳妇感到骄傲和自豪！"记者和贵宾们都惊呆了，记者纷纷举起相机拍照。

304. 坐在台上的徐大富想制止纯子，又似乎对日本女人无法动手，不知所措。几个记者站起来提问。鬼冢从影壁墙后面蹿出来，怕她再说出什么，急忙举起王八盒子。

305. 纯子笑了，含着泪凄惨地笑了："孩子，妈妈永远和你在一起。"说着举起崔父的酒壶，将剩下的酒一饮而尽，口吐黑血伏倒在桌上。

306. 鬼冢枪响，打中了她手中的酒壶，砰的一声，酒壶被打飞了。纯子倒在地上。

307. 众人乱成一团。山本气极了："把崔家那个狗崽子剁碎了喂狗！"鬼冢和宪兵从地上抓起昏迷过去的孩子，就要拉出去执行。

308. 一个日本宪兵上前递给山本一张破旧的黄纸条和一个剑玉玩具。山本认出这个玩具正是自己儿子的，握在手里惊慌地四下打量，忧心忡忡地寻找着送玩具的人，摆手命鬼冢停下，鬼冢和众人疑惑地看着他。

309. 山本打开字条：（**关老大的画外音**）"你儿子在火车站东北面十里塘的苇子坡，想让你儿子活，你知道该怎么做。"纸上落款是：龙沙好汉。即日。山本问那个宪兵："谁送来的？"日本宪兵回答："一个挑夫模样的人，犬养君派人去追了，还没回来。"山本惶恐不安地看着那个玩具，鬼冢和徐大富，还有一些官员惶恐地凑上前来。

310. 徐大富焦急地说："皇帝就要到了，记者要是把消息传出去，这可怎么办？"山本急了："统统地扣押，一个也不准放出去。"

311. 宪兵们开始行动，将所有参会的人堵在会场。记者们惊恐万分。一个记者想逃出去，没想到被擒住，手里晃着一本证件："长春大本营签发的证件也不放？这就是你们的新闻自由？！"犬养上前劈手给了他一个嘴巴，打得他嘴角流血。一个记者举起相机想拍照，闪光灯被枪托打落在地，现场一片狼藉。

312. 记者们向后退着。商会名流被挤到前面。商会会长郝明新："山本先生，咱们商会各界同人一定唯皇军马首是瞻，是不是能让我们先回去？"

313. 犬养推开众人，山本的妻子濑户晴子焦急地跑来，宪兵们纷纷让开路："山本君，咱家的三郎，三郎不见了，早上还在院里玩儿……"山本气极了，无可奈何地指着崔家孩子："把这狗崽子扔到街上，让他自生自灭。"鬼冢十分不解地看着山本，山本怒视着他，鬼冢确认山本的指令没错，才一摆手命宪兵执行。

314. 于北光被押出会场。走到路口，迎面被岸田拦住："他的，大佐的学生，他只是一时糊涂，让他的回去反省。"宪兵犹豫。岸田见鬼冢在外楼梯上驱赶记者，向他招手。鬼冢礼貌地招手，宪兵以为鬼冢同意放人，就让于北光走了。

315. 徐大富夹起公文包起身："山本先生，如今必须想个万全之策，把这事儿统一个说法才是，把这么多人关起来，又不能全处决了，总关着也不是个法子，还会影响满洲国和关东军的形象。"山本焦头烂额，无计可施，原地转了一圈，恼羞成怒："八嘎！你的也不准出去！"徐大富懊悔不已，吵嚷着被宪兵推搡回屋里，手提包也被丢到地上。

316. 大鱼市市场门脸旁。崔家孩子被日本宪兵丢在街上。孩子脖子后面伤口的血凝结了，成了紫黑色。孩子躺在路边地上，似乎到了濒死时刻。路过的人们看到了，想救他，一看角落里虎视眈眈的日本特务，又都走远了。一个女人挎着包袱走过去，给孩子擦去脸上的血迹，摸摸额头。日本特务冲出来,凶狠地询问她:"你的认识?想救反满抗日的狗崽子去哪里?"女人吓坏了,包袱被抢了去,日本特务一阵乱翻,东西撒了一地,没发现什么,日本特务让那女人滚,女人连包袱都不敢要了,急忙逃了。

317.挑夫头贾东山担着两筐蔬菜故意在旁边走过,他放下担子四下看看,把蔬菜倒进一个筐,想把孩子放进空箩筐里。旁边埋伏的鬼冢和几个日本特务突然冲出来,掏出王八盒子对着贾东山。贾东山只好坐在担在箩筐上面的扁担上,掩饰地擦擦汗,掏出烟锅抽了起来,歇歇肩再将菜倒回去,两个筐平衡了,他挑起担子头也不回地走了。

318.鬼冢朝贾东山喊道:"回来!"便衣特务们追上去。贾东山撂下担子站住。鬼冢:"你想救这孩子?"贾东山并不害怕:"这孩子还有救,再晚怕就来不及了……"他看着鬼冢的脸色。鬼冢冷笑:"有救?大日本关东军十分爱民,你的把他送到十里塘,找土匪绺子'龙沙好汉',换回大日本的孩子,这里大大的有赏。"说着掏出一沓子花花绿绿的伪满洲国纸币。贾东山:"太君,咱打开窗子说亮话,是不是用他换人啊?要是真的,你得把这孩子的伤先治好了,要不然,他死到半道,人家能让换活的日本孩子吗?"鬼冢:"八嘎!"一想也对,命人给孩子涂药包扎。

319.孩子被放进筐里,脖子上缠着绷带。贾东山挑着走了。

320.黑夜。山本家。灯下的山本喝着清酒,桌几上放着孩子的玩具剑玉,他在等儿子的消息。妻子小心地上前斟酒："暗地里派那么多人跟踪，听说'龙沙好汉'土匪绺子在城里有很多眼线，要是知道后面跟着宪兵要剿灭他们，还不得撕票？"山本心烦，酒杯一顿正要发火，徐大富跟着女仆进来了。

321. 徐大富："山本先生，事情紧急，不得不冒昧来打扰您。市长让我请教您，这大楼的造型到底是什么？咱们总得有个统一的说法、官方的消息吧？总不能满洲国皇帝来了，还让舆论压倒性地认为就是'中国的中'。要是那样，不说咱满洲国政府，就是大日本关东军的颜面不都荡然无存了！"山本火了，一拂袖子清酒壶掉在地上，摔得粉碎。那个剑玉玩具也掉了，上面洒上了清酒和碎玻璃碴。徐大富吓得战战兢兢不知所措。山本的妻子默默上前又送上一壶酒，小心地捡起剑玉玩具，手被碎玻璃扎出了血。

322. 海山胡同小酒馆。于北光和几个人在商量。一个挑夫说："贾东山还没回来，日本狗崽子没回去之前，他们不敢对崔先生下手，关他的地方是宪兵队的地下室，看守十分严密，救他出来几乎是不可能的。"一个学生模样的人闯进来："快想办法，不然来不及了，伪满洲国皇帝来齐齐哈尔的时间提前了，崔先生要是不配合，鬼子会下毒手的！"

323. 宪兵队地下室。昏暗的灯光下，稻草上放着纯子的遗体，崔文成伤心地坐在一旁，凝视着纯子的脸。牢门被打开了。穿着和服的山本进来了，后面跟着徐大富和鬼冢。山本："你活下去的最后机会就是换上衣服拍摄一张讲演的照片，然后我们会发表一篇文章，当然是以你的名义。你要是不同意，你信不信我们会炸了它？！满洲国有的是钱，再重修一座大楼，一座真正的大和风格的大楼！"崔沉默不语。山本："如果不拍，你的儿子就会……"崔文成："你枉为人师，你杀害我的父母，我的全家人，你是杀人的恶魔，中国人是不会放过你们的！"

324. 山本一挥手，宪兵将崔文成打倒在纯子身边。崔文成还在呐喊："你有本事炸了它，你却炸不掉人们心中的那座大楼。"宪兵将崔文成打得呜咽着，骂不出声。

325. 山本的办公室。秘书长和商会会长，还有鬼冢在商量。商会会长郝明新："只有一天了，唯一的办法是给崔文成拍照，拍成他讲话的样子，配发那篇文章。"徐大富："要是崔文成不配合，那会让人家说是我们强迫他。"山本："这不是你说的'瞒天过海'之计？"徐大富："这是我说的，可细想一下，又怕弄巧成拙，还需再加上一计，趁火打劫，才能偷梁换柱。"郝明新："趁火打劫？你不会是想炸了大楼吧？这么漂亮的建筑，从咱满洲国的最南面往北数，这是最宏伟的建筑！你要炸了它？再说了，你派人炸了，就不怕人家会说你是欲盖弥彰，销毁痕迹？！"山本："这样、那样的统统的不行？没有办法死了死了的，统统的……"

326. 徐大富对山本小声说："大佐阁下，能不能借一步说话？"山本恼怒了，片刻又想听听，摆手命屋里的人出去。鬼冢十分厌恶地哼了一声，郝明新露出不悦的表情，和大家一起出去了。

081

327.徐大富神秘地说："我在长春满洲国政府工作的表哥来电话说，大本营和皇帝都听说了，这幢大楼被设计师骗了，是反满抗日的标志，是汉字'中'字造型。眼下，就是崔文成答应了配合，也得大费周折，必须得斩草除根。"说着比画了一个杀头的手势，"免得皇帝来了万一召见他，他再不要命直说大楼的造型就是个'中'字，要是那样，大佐恐怕也难辞其咎了。"山本气极了："崔文成必须死了死了的！"徐大富："对呀，要是留下活口，这小子天生的反骨，一旦有机会就得说出来，只能来个死无对证，那唯一的办法就是——炸！"山本愤怒极了！徐大富："但是又不炸，个中道理太君肯定明白！"山本被恭维得十分受用："详细说说。"徐大富凑到山本跟前……

328.会议室。山本召集人们继续开会商量。犬养："你还想炸了大楼？"徐大富："不！只有发生爆炸，才能借机'偷梁换柱'。要是人们都知道了，这是反满抗日游击队炸的，（**卖关子，停顿一下**）你想啊，咱反复想说这楼不是'中'字造型，越说人家越不信，认为咱是欲盖弥彰，那就索性炸了它，中国人岂能自己炸毁'中'字造型的大楼？"商会会长郝明新乐了："妙计！让人们自己得出结论，大楼就是日本大和风格。"山本："吆西，这次要认真研究，不能再有失误。"

329.山本办公室。鬼冢："又有一列运往日本的煤车脱轨，抓了3个反满抗日分子，是不是统统枪毙？"宪兵进来报告："密探报告，有人要劫狱，想救出崔文成。"鬼冢："先杀了崔文成，省得留下祸端，大楼像什么还不是死无对证，我们说什么就是什么。"山本狡猾地笑了："吆西！大大的好，让崔文成被劫持到车站，那岂不是更好？"鬼冢眼珠子一转接过话题："故意让他们劫走崔文成，来个'欲擒故纵'，各路人马务必将他和劫他的人驱赶到火车站，等他们到了的时候引爆，这就是一石二鸟？"山本露出奸诈的目光，向上推了推眼镜："这个就叫'支那人阴谋炸楼被粉碎计划'。"他看了看台历，"这个计划的施行，早不得，晚不得，必须得在满洲国皇帝来的那一天。那个时候，故意让人把他劫走。"

330.早上。山本办公室。山本在整理军装和战刀，准备出发。一侍从进来："夫人来了。"濑户晴子进来，小心地说："您不等三郎回来？就要让人劫走崔，再炸死他？'龙沙好汉'要是发现了，还不得撕票？三郎的命能保得住吗？"山本不耐烦，摆手命她出去。濑户晴子跪在那儿，抱着山本的大腿不肯让他走。山本气愤又无奈地摇摇头，命侍从："叫鬼冢来。"

331.鬼冢进来告诉濑户晴子："夫人尽管放心，给崔的儿子伤口上包的纱布是经过处理的，有特殊的味道，我们的狼狗嗅觉天下第一，给这个狗崽子敷的纱布还有一个好处，他的伤口不会痊愈，只会越来越重，要是他们不真心换人，没有我们的解药，他的脖子会烂到断了。"鬼冢狞笑着，比画着一个杀头的手势。濑户晴子："那人家要是也这样对付我们，我的孩子不就危险了？"鬼冢："夫人不必担心，以我对支那人的了解，他们不会这么做。"

332.芦苇荡里。一只小船上坐着贾东山，怀里抱着崔家的孩子。贾东山摸摸孩子额头，孩子在发烧。划桨的汉子："到了扎龙村，找吴郎中看看就好了，我看这纱布上的洋药味道不太地道，是不是……"

333. 贾东山低头闻了闻，的确气味很特别。岸边传来狼狗的吠叫声。贾东山果断扯下纱布丢到船板上，拍拍卧在前舱上的一只黑狗，指了一下船板上的那块纱布。

334. 黑狗叼起纱布，跃到水里，几个狗刨儿游向苇丛深处不见了。

335. 追赶的日本兵和伪军到了岸边，狼狗狂叫，把他们引到苇塘里面，隔着一泓清水，只见那块纱布挂在一丛芦苇上。

336. 一个伪村长领着众人找到一条小船。日本兵和伪军见船小，上不了多少人，犹豫着不敢上船。

337. 伪村长指点着，人们朝芦苇荡里看去，只见几条小船摇进了苇塘深处的湖汊里不见了，水面只泛起一波波涟漪。

338. 犬养命伪村长："你的，再找船来，多多的大大的好，你的带路。大队皇军追过去，毛猴子的不怕。"伪村长："这一带的船都是'龙沙好汉'绺子的，没有关老大的响箭，谁也叫不来船，芦苇荡里七股八叉的像迷魂阵，不是当地的渔民谁都找不到路。"

339. 犬养急了："八嘎！良心大大的坏了！大日本皇军武器威力大大的！"他一挥手，一个日本兵端起捷克式轻机枪向苇塘里扫射，一群野鸭飞起来，有几只扑通掉进水里。两个鬼子架起掷弹筒发射，水面炸起巨大的水柱。射击停止了，芦苇荡里没有什么动静。

340. 犬养一摆手，狼狗跳进水里，游到挂着纱布的那丛芦苇处，上岸在泥沼中跃起，没等叼起纱布，早被暗藏的渔网网住，越挣扎越是往水里沉，狂叫变成了哀嚎。日本兵惊恐地卧倒，胡乱开枪射击。

341. 纱布掉进水里，漂在水面。汉奸用枝条划水，纱布慢慢漂过来。一个汉奸用刺刀挑起那块纱布。犬养四下看看，除了虫鸣，没有任何动静："八嘎呀路！他们的声东击西，我们的绕过去，从那边追。"

342. 湖心岛。贾东山的小船靠岸了，他把孩子小心地抱上岸，在青草覆盖的泥泞小道上急行，走得十分吃力，一个船工换下他，背起孩子。一行人穿过茂密的芦苇，走到一个打鱼的窝棚跟前。

343. 窝棚里。关老大和贾东山焦急地看着，一个郎中模样的人给孩子针灸、包扎。

344. 湖心岛上。一伙赤膊壮汉将山本的儿子山本三郎带过来。关老大示意，吴嫂把他带到柳树下面，拿过鱼汤和杂面饼子给他。山本三郎饿极了，拿起来咬了一口，又硬又酸。喝了口鱼汤，腥辣得不得了。他嫌不好吃，打翻了鱼汤，将饼子丢进湖里，一大块掉到泥地上。一个渔民拿着鱼叉吓唬他，山本三郎躲在大柳树后面，嚷着日本话，跺着脚叫骂。

345. 岸田从小船上下来。"够狂的，在这儿还叫嚷要杀光你们全家呢，真该给他点教训，不然长大了也是个杀人狂！"渔夫示意，几个孩子过去要揍他，山本三郎吓傻了，不敢再叫骂,躲在大柳树后面,凶狠地瞪着眼睛。关老大制止:"不想吃?就饿他几天再说。"说着捡起地上的半块饼子,拍去泥土,大口吃了起来。山本三郎扬着脖子,不服气地看着关老大。

346.一壮汉:"鬼子既然不肯放过崔先生,干脆把这小杂种剁碎了给山本那老混蛋送去得了。"众人都赞同。关老大:"荒唐!他日本鬼子是畜生,你们也不拿自己当人了?"众人都不出声了。

347.八汉岛。艳阳高照。众人在树下乘凉,商量着救人的事。山本三郎趁机逃跑,朝小船奔去。旁边的船上下来几个汉子拦住他,他挣扎不过,在壮汉怀里乱踢乱打。关老大命人放开山本三郎:"好好待在这儿,等崔先生回来了,就放你回去。"

348.山本三郎被放了,瞅了瞅天上的太阳,远处隐约传来枪声。他突然发疯般四下里乱冲乱打,狂叫着。把简易的土灶打翻,把鱼篓踢倒,大一点的鲶鱼、鲫鱼乱翻着逃进湖里,几十条泥鳅在地上挣扎。黑狗冲过去狂吠,将他扑倒,狗被关老大喝住。山本三郎以为日本兵来了,人们都怕他了,哇哇叫着日本话,将瓦罐举起来摔碎了,杂合面撒了一地。众人皆怒,想教训他。

349.岸田翻译道:"他不服气,说你们人多,欺负他这个小孩子,他想找人决斗。"关老大来到山本三郎跟前,山本三郎以为要揍他,虽然挺着脖子迎上来,但眼神里掩饰不了心里的胆怯。关老大怒道:"你爹领着几百个鬼子杀害手无寸铁的渔民,啥时候有过公平决斗?你落咱手里了,才想起一对一决斗？你以为一对一决斗你就能赢？泥鳅儿，过来，和他练练，不过别伤着他，我还要留着这条小疯狗换咱家老崔呢。"

350. 一个比山本三郎矮半头的瘦弱孩子，穿着粗布短裤走过来，把肩上搭的布褂子丢到地上，蹬去脚上的鞋子，朝手心吐了一口唾沫，摆手让他过来："岸田叔，你告诉他，要是他输了，脱了裤子光腚走出这芦苇荡。"山本三郎不服气，轻蔑地上前看了看泥鳅，岸田翻译给他，他比画着，你输了一样脱了裤子光屁股。

351. 山本三郎正说着，冷不防一个虎跳冲上去，泥鳅一闪，绕到他身后，对他腿弯一脚，踹得他趴在地上。泥鳅："狗崽子，咱教你个王八爬。"山本三郎起身运足了劲儿，扯着泥鳅想来一个过肩摔，没想到，泥鳅比真泥鳅还滑，过了肩就地一滚，将山本三郎扯倒，滚到泥水中，山本三郎干净的衣服上全是黑泥，脸上嘴上都是泥水。孩子们哄笑，嚷着："小日本，吹牛皮。摔不过，嘴啃泥！"

352. 山本三郎恼羞成怒，被压着挣扎着滚动，翻上来又被压下去，滚着滚着，他的脚蹬到柳树，借力突然翻起来，抓起地上的斧子朝泥鳅砍去。泥鳅心慌，急忙躲闪，被追得连滚带爬地转到塘边，抓起一团黑泥砸过去，山本三郎被糊了一脸，等抹去黑泥，早被泥鳅骑在地上。

353. 犬养坐在一条大船上，率船队在湖里寻找。他焦急地盯着芦苇荡。汉奸小心道："要不然，咱们再派几条船去湖里的各个汊口都找找？"犬养厌恶地摆手："哪呢？"

354. 一条船从芦苇荡里漂出来，顺流慢慢漂向岸边，上面挂着一件日本孩子穿的衣服。束手无策的犬养在望远镜里看到了，叫嚷着："划过去。"

355.犬养的船队划到那条小船旁边。日本兵跳上船，一番搜索没发现危险，只见船板上面有一条死狗，那皮毛分明就是他带来的那条日本狼狗，套着山本孩子的衣服。犬养心疼地摸着死狗的额头。一个日本兵发现衣服里露出一封信。

356.山本家。犬养站在一旁，山本和妻子在看信。**（画外音）**："山本阁下，你要是不能保证崔先生安全，你儿子的下场就和这条狗一样。"山本妻子："三郎！我可怜的三郎！"说着昏过去了。

357.暴怒的山本："什么'龙沙好汉'？！狡猾的土匪！无赖！不还我儿子，还要换崔文成这个混蛋！"鬼冢进来："大佐阁下，今天是执行'支那人阴谋炸楼被粉碎计划'的时候，一伙'龙沙好汉'的人在崔家附近活动，我们是不是顺水推舟，逼崔逃向车站？"山本："不！崔的放了，我儿子三郎怎么办？"

358.崔文成被带到山本家。濑户晴子："你师弟在土匪那儿，你不能眼看着见死不救啊！"崔文成面无表情："山本杀了我全家，我儿子生死未卜，人家'龙沙好汉'才这样做。我也不认识'龙沙好汉'绺子的头儿，我有什么办法，不过，你放心，我们中国人不会滥杀无辜。"

359.苇塘边，关老大和岸田在船上商量。关老大："鬼子气疯了，慌忙回去报信，咱们正好趁机出苇塘，拿这小东西去换文成。"

360. 山本家。崔文成拿着那封信说："你们急火攻心，没看明白，这不是告诉你们在永安胡同六号果家大院换人吗？"山本惊愕："永安胡同？我的儿子在城里？"崔文成："你们自作聪明，把自己带入歧途。"山本揪住崔文成的衣领。濑户晴子："别伤了他！还得换三郎呢。"

361. 一队日本宪兵骑着几辆三轮摩托车飞速赶往永安胡同。

362. 永安胡同。一座青砖墙的四合院。日本兵快速散开包围了院子。鬼冢一挥战刀："绞死给给！（日语音译）"日本兵踹开门，端着三八大盖进了院子，闯进正房。

363. 炕上坐着崔家的女佣黄妈。旁边躺着山本三郎。鬼冢看了看孩子，日本女佣上前确认没错。

364. 鬼冢摆手，两个日本兵抬着一副担架，上面躺着一个人，穿着崔文成的衣服，脸被黑布罩着。关老大等人从两侧厢房里出来围过去。

365. "崔文成"脸上的黑布套被取下，还裹了很多层纱布，眼睛缠着绷带，浑身抽搐。人们忙不迭地小心地一层层解开绷带，急着想看"崔文成"的伤情，一时忙乱不已。绷带越解越乱，越急越解不开。关老大急得直跺脚。

366. 鬼冢奸笑，鞠躬示意："人的交给你了。"一摆手，宪兵们抬着山本三郎走了。关老大的人警惕地送他们出了院子。

367. 关老大焦急地："快清理绷带，别又是带着毒药的……"黄妈和几个人小心地给"崔文成"解绷带。

368. 一个挑夫来报："鬼子抬着狗崽子跑了，一个中队的鬼子包围过来！"挑夫头向关老大道："狗崽子到手了，他们想把崔先生抢回去？"关老大推开黄妈，焦急地叫着："崔先生！崔先生，你伤得咋样？伤在哪里？"那人脸被纱布一层层缠着，眼睛也被包得很严实，只是呜呜地哼着。

369. 关老大急得来回踱步。人们小心地解"崔文成"脸上的绑带，绑带黏在脸上、头发上、胡须上。人们怕伤了"崔文成"，黄妈端来铜盆，用粗布蘸上水，慢慢用温水洇开"崔文成"脸上的纱布。一个汉子一着急，扯得头皮上渗出血，"崔文成"一抖叫了一声，关老大急得额头上汗珠滴下来。

370. 院子外面，日本兵叫嚷着，机枪打得墙头上冒火。一个挑夫跑进来："老大，鬼子叫咱们要想活命，就把崔先生交给他们。"又有几个人慌忙跑进来："老大，麻三和老疙瘩都受伤了……"关老大撕开"崔文成"的衣领，看到了"崔文成"脖子上露出来的那串紫檀木珠子，眼睛一亮："来不及看伤口了。"一挥枪，"交替掩护，撒！"他背起崔文成飞快奔向后院。

371. 众人互相掩护向后院冲过去。麻三将两扇门的铁环系上手榴弹弦，将手榴弹放到门槛旁边。日本兵冲进大门，手榴弹爆炸了！烟尘遮住了撤退的人们。

372. 关老大一行人逃进芦苇塘边，一声口哨响，几条船从苇塘里划出来接应。人们急忙将"崔文成"背到船上。日本兵追过来，船拐进了苇塘深处，没了踪影。日本兵只好毫无目标地扫射。

373. 芦苇荡里，八汉岛上。人们用刀剪将"崔文成"

脸上的绷带剥开，再看那人却不是崔文成，而是一个伪军小队长！他没有伤，慌忙爬起来叩头求饶："都是山本的主意，说我的身材和崔先生有些像，就让我假装受伤，这般打扮蒙你们交换他儿子。"关老大一脚将他踢倒在地，冷笑一声："山本，你别得意得太早。"

374. 山本家。濑户晴子小心地给儿子擦头上脸上的泥水。山本还在为自己的"偷梁换柱"之计得意。

375. 濑户晴子突然惊叫："不好了，三郎发烧了，烧得昏迷了。"山本急了："快叫医生！快！"

376. 日本军医戴着听诊器在急救。山本三郎口吐白沫，濑户晴子怨恨的目光看着山本。

377. 一个侍从送来一封信。山本打开（**关老大的画外音**）："想要你儿子狗命，速放崔先生！"

378. 濑户晴子抱着孩子，将他的头放到腿上，小心地听着他急促的呼吸，泪流满面："山本君，咱们不该不讲信义，用假崔文成去换孩子，还伤害了人家的孩子，我看……"她看了看山本的脸色，见他没有发火才接着说，"要不然咱们放了崔文成，他们肯定会送来解药，救活儿子。"山本勃然大怒："八嘎！我的儿子岂能成为保崔文成狗命的筹码？"山本冷峻的面孔，看着昏迷的儿子沉思。

379. 一侍从进来："大佐，长春大本营电报。"山本接过来。**叠印**：此前，你对车站大楼舆论控制失力，处置不当，造成关东军和满洲国政府十分被动。现在满洲国皇帝视察时间提前，你如不能在此之前妥善处置，改变大楼是"中"字造型的舆论，本部要追究你的责任。如果因为处置不当引发反满抗日事件，你必须剖腹向天皇谢罪。

380. 山本看着昏迷中的儿子还在抽搐，痛苦万分。山本的汗掉在电报纸上。濑户晴子不知进退，焦急地催促他："山本君，放了崔文成，救救孩子！"气急败坏的山本一脚踢开濑户晴子，抽出战刀，一刀将椅子劈成两半，吓得濑户晴子瘫软在地，又起身护着孩子。

381. 山本看着电报和土匪绺子的信，一时难以抉择。他倒上一杯清酒一饮而尽，一摆手，侍从上前。濑户晴子惊喜地泣道："放了崔文成，换孩子解药？！"山本手挥下："放的不行，大本营的追究下来，全家统统的没有活路。"濑户晴子："山本君，我求求你了，听我一回行吗？咱们的大郎5岁夭折，二郎去年回日本，船翻了失踪了，凶多吉少，咱俩年过半百只剩这一棵独苗，你就忍心让山本家断了血脉，绝了香火？"

382. 鬼冢进来报告："大佐，掌鞋的沈瘸子来报，关老大领一伙人潜入崔文成家附近，企图截走那个冥顽不化的崔文成，要不要调集兵力，将他们一网打尽？"山本倒上酒，看着酒杯上的泡沫，犹豫片刻，有了主意："立即实行支那人炸楼计划，只要拿到解药，就放了崔文成，派人跟着，封锁除一马路以外所有的路口，必须逼他们沿着一马路逃走，去火车站。"阴险的山本狡黠地笑了。

383. 青云街，崔家小楼门口胡同。鬼冢乘挎斗摩托车过来，后面一队日本兵跑步跟来，迅速包围了小楼。

384. 鬼冢下车四下看看，一些人在不远处小心地看着。鬼冢高声嚷："关老大，我知道你在这儿，你们想接崔先生出去，请大大方方出来，我放你们走，言而有信。不过，你得给我们解药才称得上是'龙沙好汉'。"

385. 关老大从人群后面现身，推开端着三八大盖的日本兵，走在前面，身后跟着5个壮硕的"龙沙好汉"。他们端着火铳，背上插着大刀，十分威风。关老大不理鬼冢要上前说啥，一挥手，人们上楼去接崔文成。楼道上那些特务纷纷让开。

386. 崔文成被背下楼，鬼冢和关老大看着崔文成被人背着走进巷子里，拐过弯不见了。

387. 鬼冢嚷着："别藏着，走大路，尽管出城，我们大日本皇军，信用的讲了，你们的解药在哪？"关老大笑："解药？早给你们了。后悔了？告诉你们，解药在那条死狗穿的衣服上。"鬼冢："哪呢？"他向后面一招手，四下里众多日本兵围过来，端着枪，足足有百人。关老大孤身一人并不害怕："想反悔？你爷爷我早捏着你七寸呢。咱告诉你吧，死狗身上找到的药只能缓解一时，要想彻底救命，还得等着崔先生真的到了安全的地方，那个沈瘸子会给你解药的。"鬼冢懊悔道："沈瘸子？脚踏两只船的干活？"

388. 关老大夸张地掸掸身上的灰尘，敞开前襟，人们看到，他腰里别着驳壳枪，还插着四颗手榴弹。神气地背着手仰脸走了。日本兵机枪架在摩托车上，拉开枪机想开火，被鬼冢制止了。

389. 一马路与青云街交叉口。早晨出摊儿的、买菜的，人来人往，还挺热闹。突然响起警笛。拐角处，挑夫头贾东山和三四个黑衣人轮换着背着崔文成在奔跑，崔文成身上披着一件日本军大衣。日本宪兵追过来,人们乱了起来。贾东山一行冲到一个街口,两个人回头阻击追赶的日本宪兵,众人冲过去。

390.贾东山领着大家向右转,奔向南四胡同,胡同深处冲出来特务开枪阻击。贾东山:"小武子留下掩护。"小武子隐在墙角,特务冲出来,小武子火铳打响,霰弹射向特务,特务们躲避着。

391.贾东山领着大家穿过一马路奔向北四胡同,冲进去不远,日本宪兵端着上了刺刀的步枪从角落里杀出来。胡同深处,日本兵卧在矮墙后面架着捷克式轻机枪射击,枪弹打中两个挑夫。一个中弹挑夫隐在墙垛后面,开枪阻击日本兵,回头道:"别管我们,快走!救崔先生要紧!"急忙往火铳枪管里装火药。贾东山从一个挑夫手里拿过一支装好枪药的火铳给他,又丢给他两颗手榴弹,不舍地说:"兄弟!"只好转回头来,掩护三人背着崔文成,沿着龙华路慌张地逃向火车站。

392.贾东山带着大家慌忙逃跑,后面日本宪兵叫嚷着追过来。子弹飞过,十分凶险。贾东山跑过南六道街口,没等往里面冲,就被特务一枪打飞了草帽。他骂道:"小鬼子,我日你奶奶!非逼着老子奔车站不可?"挑夫身上背着的崔文成:"东山兄,他们是在往陷阱里赶咱们。"一个挑夫:"知道是坑也得跳呀,不然的话,冲进去就得被打成筛子。"贾东山一挥手,朝六道街口扔一颗手雷,炸起一片烟雾,趁着烟雾大家奔回一马路。

393.二马路边。伪治安军封锁着路口。岸田一身日军少佐军官制服，挎着洋刀，上前抢下伪治安军的挎斗摩托车，将他们推下去。暗中走出于北光和卖梨的张五哥，坐上摩托车。岸田开着摩托车一路向火车站狂奔。

394. 南马路。几个挑夫赶着一辆大车向车站飞跑。车上坐着关老大。赶车的挥鞭催着马飞奔。鞭哨响着，马车从南面奔向火车站。

395. 二马路。岸田疾驰的摩托车遇上一队用鹿砦封锁路口的宪兵。日本宪兵摆手命他们停下来。岸田下车挥手抽那宪兵耳光："你的阻拦，让逃犯跑到车站，炸了大楼你的死了死了的！"（日语）日本宪兵："哈咿。"岸田："迅速地开路，封锁一马路的干活！防止支那人冲过去。"宪兵们迅速集合，奔向龙华路。岸田见他们走了，驾车一溜烟向火车站狂奔。

396. 车站顶楼窗口。鬼冢用望远镜看着楼下广场。镜头里，一马路上，挑夫壮汉掩护着，挑夫头贾东山背着一个受伤的人向车站跑过来。后面几十个宪兵在追赶。子弹打在他们旁边地上，他们在路口向旁边巷子里看过去，都有伪满洲国治安军和日本宪兵封锁，只好继续沿着一马路往车站跑。鬼冢脸上露出得意的笑容。

397. 日本宪兵小队长用望远镜看着二马路。路口不远处，岸田正在训斥宪兵，宪兵们整齐列队，向右转跑步穿过一条街，向一马路奔来。小队长："岸田？"指点着二马路口。鬼冢用望远镜看过去，岸田跨上摩托车向车站奔过来，车上挎斗里坐着于北光，后面坐的是卖梨的张五哥。鬼冢狂叫："岸田这个混蛋，他是崔文成的同学，要坏事，快截住他!"小队长:"哈咿!"领人跑下顶楼。

398. 鬼冢的望远镜转向一马路南侧,见南马路上有一伙人,随着关老大驱赶大马车奔过来,后面烟尘滚滚。鬼冢急忙跑下楼梯。

399. 岸田带着于北光和张五哥,3个人警觉地潜入大楼跟前,隐在拐角处的岗亭后面。两个日本兵端着上了刺刀的三八大盖,在楼前认真地巡视。近处人声嘈杂。岸田对两人说:"我过去吸引哨兵,你们想办法接应关老大和崔文成。"

400. 岸田整了整腰带和军帽,从岗亭后面大步走出去,巡视的日本兵见到他赶紧敬礼。

401. 趁着岸田和日本兵说话的间隙,于北光和张五哥急忙隐蔽地躲过日本兵视线,赶到大楼前面。

402. 一个铁路职员在大楼门口值守,于北光上前问:"听说皇帝马上要来了?"那职员叫他马上走开,否则日本人来了不得了。于北光假意转身要走,回头一拳将职员打昏拖进屋里。

403. 岸田领着两个日本兵奔向出站口。一个日本军曹向岸田报告:"山本阁下密令:我们的假意封锁,让这几个人逃进车站,再择机抓捕,送到预设爆炸点……"岸田装作不解地问:"哪呢?炸药?爆炸点?那列车下来的人不就危险了?"军曹在哇啦哇啦地解释。

404. 挑夫头贾东山背着崔文成,3个人在后面交替掩护,随着他俩逃向车站。

405. 南马路与站前大街交叉口,关老大站在马车上,看了一下左右情况，犬养带着一队日本兵封锁着站前大街。贾东山他们背着崔文成逃往车站，鬼冢指挥一队日本兵包围过去。

406. 关老大见情况紧急，他勒紧了缰绳，辕马被勒得昂起头来。他瞬间跳下马车，拔出匕首朝马屁股猛地刺下。马屁股上插着匕首，疯狂地冲向鬼冢和大队日本兵。

407. 日本兵被冲倒几个，其余的吓得惊叫着逃走。贾东山见有了机会，背着崔文成，后面人掩护，冲进站前大街。

408. 后面的日本兵追过来。贾东山几人慌忙穿过站前大街，向车站大楼跑过来。日本兵不断地射击，子弹打在他们脚下。

409. 关老大倚着大树，拔出驳壳枪开火，阻击日本兵。鬼冢抽出战刀狂叫，日本兵的捷克式轻机枪疯狂扫射，打得关老大抬不起头来。

410. 鬼冢率日本兵冲过站前大街追赶着贾东山一伙，贾东山几人背着崔文成，子弹从头上飞过，十分危险，他们只得趴在地上。

411. 岸田发现了他们，立即命令巡视的日本兵："全体听命令，立即跟我去抓捕游击队，不准开枪，捉活的。"日本兵还有些迟疑，岸田怒了："八嘎！"

412. 日本兵跟着岸田隐蔽在墙后，贾东山四人扔出手雷，趁爆炸的烟雾急匆匆跑过来，被岸田领着日本兵迎面堵住。刺刀逼着贾东山。贾东山骂道："小鬼子，爷爷和你们拼了！"举起驳壳枪射击，没打响，原来没有子弹了。

他转过身看着前后围过来的日本兵，将背上的崔文成交给同伴，解下腰里的绳鞭就要动手。崔文成扶着那人："岸田君。"

413. 火车鸣笛声，鬼冢见宪兵将贾东山一伙包围，驱赶着向大楼前面跑去。他满意地笑了，将战刀入鞘，带着一队日本兵奔向出站口。

414. 岸田一摆手命令后面追过来的日本兵："留下一小队，其余的人统统地去月台，保护将要下车的贵宾。"那些日本兵迟疑片刻，收起枪列队跑向车站月台。

415. 贾东山的绳鞭要成一条硬邦邦的绳棍，逼向岸田。岸田命令日本兵："统统地押到车站后面的守备队。"贾东山绳鞭打向岸田，崔文成拦住，悄声道："岸田君是朋友。"

416. 日本兵在岸田带领下，押着贾东山背着崔文成，还有挑夫三人，从大楼的北侧奔向车站大楼侧门。

417. 山本站在车站北面不远处的汽车上，忧心忡忡地用望远镜看着车站大楼前面。

418. 站前广场。临时用桌子当高台，上面站着徐大富正在演说。

419. 鬼冢跑过来向山本报告："大佐阁下，崔文成按计划被驱赶到火车站，就等着一会儿到点引爆炸药。"山本脸上露出满意的微笑。鬼冢："就是一件事，怕有些麻烦……"山本："什么？"鬼冢："岸田少佐不执行去一中抓捕抗日分子的命令，私自来了，怕他会把水搅浑。"山本："八嘎！"

420. 轰的一声响，吓了山本和鬼冢一跳。鬼冢和山本看着车站，大楼前面升起一股巨大的浓烟。鬼冢看看手表："还好，收买的地痞黑獾子按时引爆了！"山本："崔文成是不是按计划死在爆炸现场？必须按计划控制住！再有差错，你的死了死了的。"

421. 车站月台上。等着接站的人们乱套了。鬼冢和狼狗一起狂叫。徐大富一脸微笑，嚷着："不要慌，这是反满抗日分子想把日满亲善象征的车站大楼炸了，他们的阴谋被粉碎了，正好借这个机会，让我们对车站大楼的象征意义有一个正确的了解。"

422. 车站前广场。一群记者从马车上下来，被赶到临时搭建的台前。他们议论纷纷："既然是突发事件，为什么会事先通知咱们？难道日本人能未卜先知？"一个便衣特务斜着眼睛，挥着手里的驳壳枪蛮横地说："我们早就发现了他们的阴谋，及时侦破，让你们提前来，就是要现场发布新闻。"吓得记者不敢再说话。

423. 车站前高台上。徐大富："这些反满抗日分子先是造谣，硬要把这幢雄伟的大和式建筑说成是汉字'中'字，见没有人相信，他们不想让日满亲善的纪念碑永远矗立在这儿，就想炸了它，这正好从反面证明这座大楼是典型的日本奈良大和风格，和汉字的'中'字风马牛不相及！"下面的记者议论纷纷。徐大富，"幸好大日本关东军及时侦破并阻止了他们的破坏行为，抓捕了这些土匪，使他们仓皇间来不及把炸药全部引爆，这才保住了这座象征日满亲善的大楼。"

424. 记者和下车的人们议论纷纷："人家设计师崔先生

都说了，就是中国的'中'字，还闹腾些啥啊！"一个老师模样的人："肯定是崔先生不肯按他们的意思胡说，就玩这自欺欺人的把戏。"

425.听到众人的议论，山本气极了："八嘎！把那个罪魁祸首带上来。"一个被火药爆炸熏得满脸漆黑的人被抬上来，他显然是昏迷了。一个日本小队长哇哇地讲着。翻译："就是这个人和5个土匪一起，蓄谋在皇帝到来时制造爆炸，想把皇帝和这座大楼一起炸毁。为了达到不可告人的目的，他们不惜伤及无辜的旅客，背后的指使者就是崔文成！"众人一片哗然。

426."这不可能……"人们纷纷叫嚷着，场面失控，一片混乱。山本冷笑一声，一招手，几个日本兵将那个人用水浇醒。那人四下看看，看到山本凶狠的眼睛，似乎瞬间清醒了，大声嚷着："太君，我说，我说！崔文成给我钱，让我和三蹦子还有4个兄弟一起来，让我们10点15分炸了大楼，事成之后再给我们每人一根金条。"众人的议论声压住了他的声音。

427.山本一挥手，鬼冢抽出王八盒子，嚷着："罪大恶极，就地枪毙！"那人突然醒过神了，拼命挣扎着叫嚷："等等！我刚才说的全是假话！是日本人给我们钱，让我们这么说，炸药全是假的，是黑火药，只有爆炸声响，根本炸不坏大楼。他们就是想让人们相信，大楼是中国人炸的，那这楼还能是中国的'中'字吗？"

428.众旅客和记者起哄："真是自导自演的骗局！""大楼就是中国的'中'字！要不然他们能这样处心积虑地要

阴谋诡计？"

429. 山本："八嘎！还等什么？"乱枪响过，那人被打死了。

430. 呜——一声长长的汽笛响起，一列火车缓缓进站。犬养跑过来："皇帝的专列进站了，怎么办？"警备司令骑着大洋马过来："统统地去警戒！"日本兵列队过去，站在出站口两边。警备司令怒斥山本："弄巧成拙，你掀起来的舆论波澜，你的收场！"山本露出尴尬的神情，低着头，不敢说话。

431. 车站月台上。贵宾车厢门打开了，一个高官下来恭请贵宾下车。月台上乐队奏响了迎宾曲。

432. 焦急的山本来回踱步，如同热锅上的蚂蚁。鬼冢过来报告："大佐阁下，崔文成逃了！"山本狠狠地抽了鬼冢几个耳光。打得鬼冢鼻子出血，还鞠躬叫着："哈咿！是那个混蛋岸田帮忙，还有'龙沙好汉'关老大半路杀出来，局面才不可控……"山本怒不可遏："八嘎！崔的逃了？！他只要活着，就会到处乱说这大楼是'中'字造型，你我都会被军法处置。"

433. 徐大富跑过来："大佐先生，您想用中国人自己炸毁大楼，来让谣言自动消失，没想到烧香招来了真鬼，这如何向皇上介绍？市长还等着您亲自介绍呢。"山本颜面无光，惊魂未定，一脸沮丧，转过身看着出站口。

434. 仪仗队出来了，人们议论声更大了："满洲国皇帝来了，迎接他的大楼造型是中国的'中'！"山本听得焦急万分。

435.迎宾曲还在继续响着，眼看着贵宾走出来。山本急了："鬼冢，这里交给你了，谁再说这楼的造型是'中'字，立即枪毙——不，立即杀掉，不能让来宾听到枪声。鬼冢叫着："哈咿!"看着广场上人头攒动，十分为难。

436.徐大富焦急地请山本："市长的意见还是按原定计划，请大佐向贵宾介绍车站大楼。"山本只好打起精神，去出站口迎接贵宾。

437.车站前广场。伪满洲国高官和关东军机关长从出站口走出来，后面跟着众多随行高官。山本掩饰着心里的不安，满脸堆笑迎上前去："阁下，请允许我向您介绍这座新建的车站大楼，这是全满洲国最好的火车站，最漂亮的火车站，这是一座最具魅力的建筑……"高官们驻足回头观看，兴致十足。机关长和警备司令露出满意的笑容。

438.山本继续介绍："这是世界上最著名的大日本奈良建筑风格的延续和复制，并且在满洲国的大地上再度升华。"伪满洲国高官："秉承大日本的风格，是我满洲帝国的荣耀，感谢大日本帝国派来如此高明的设计师，来帮助我们建成这座宏伟的建筑。这次我们尊敬的皇上虽然身体有恙，没能按计划亲自莅临，但派我来接见这位建筑设计师，授予这位杰出的建筑设计师满洲国最高荣誉勋章。"

439.山本强装的笑脸顿时有些惊慌："这位杰出的设计师，他是我们大日本东京帝国大学培养出来的高才生，他是名声显赫、名扬海外的建筑师，目前已被法国接走去巴黎完成一项伟大的建筑，不过，他在此前发表了这座大楼设计风格的声明。"

440. 来宾们听山本讲话，回头欣赏着这座建筑。突然，楼顶上出现了一个人，风把他的头发吹得飘了起来。人们纷纷议论，山本随着人们的目光转过身看着楼顶。

441. 顶楼的箭楼凹处，有一个人站在那里讲话，声音传得很远，十分洪亮，在广场上回荡，甚至把人们的议论声都压下去了！山本四下寻找，这才发现，他在用火车站的广播扩音器讲话，声音的来源是杆子上面的大喇叭。

442. 楼顶上的人说："我就是这座大楼的设计师，我告诉你们，这座大楼的造型是我设计的，它是中国的'中'字，这是封锁不住的，为了证明这个说法，我告诉你们，可以到地下一层看看，那是一个'國'字，这是嵌着'中國'二字的大楼，中国万岁！"

443. 人们的议论声压倒一切，叫嚷声越来越大："不但是'中'字，还有一个'國'字？！""崔先生真行！""中国！中国！"

444. 山本急了："胡说八道，这是个疯子，大楼刚开始建的时候他就总来，说他是设计师，他是个疯子。"机关长对他比画一个剖腹的姿势，恶狠狠地说："你的疯子！不！傻子！傻瓜也不能把事情办得如此糟糕！"

445. 看热闹的人们随着楼顶的崔文成高喊："中国！中国！中国！！！"

446. 来宾们纷纷议论，伪满洲国高官凝视着大楼和楼上的人，像没听到他们的议论。良久回过头来问市长："传闻看来是真的？！下面还有一个'國'字？！这一切都是真的？"他将目光转向日本特务机关长。机关长："地下的？
'國'字？！抓住那个设计师，必须弄明白！"

447.鬼冢看着山本的脸色铁青，眼睛几乎要瞪出眼眶。
鬼冢一挥手，两个日本兵端起捷克式轻机枪对着大楼高处
扫射。子弹打在高墙上，吓得来宾们四下躲闪。人们尖叫
着，现场一片混乱。弹雨扫向声音发出的方向，扫向杆子
上的大喇叭。瞬间，喇叭声消失了，余音还在空中回荡：
中国。

主题歌响起：


大楼像什么？

你们听我说。

清风驱乌云，

谎言终戳破。

大楼这么美，

像啥谜样多。

像心花朵朵，

像我心中的火！

啊——！上面是中，下面是国！

啊——！中国，

她是你，她是我，她是我们的中国！


448.歌声中，人们望着大楼，开心地笑着；歌声中，
伪满洲国高官冷峻的脸，木然看着天际，一声不吭；歌声
中，市长沮丧的脸，秘书长凝视着大楼在摇头；歌声中，

一行丹顶鹤飞过；歌声中，鬼子在狂叫，指点着楼上。人们自发地一波一波地喊着：中国——中国……

449.伪满洲国高官嘲笑地看着山本。关东军机关长在怒骂着："这座大楼的造型，外面传闻不但都是真的，而且下面还有一个'國'字？你如此粗心地审批通过？在施工过程中，还被蒙在鼓里？建成了才发现？！到现在，你还在想办法隐瞒？"山本满脸流汗，没法回答。沉默片刻，山本命令日本兵："绞死给给！"一小队日本兵快速跑过去，上楼去抓崔文成。

450.伪满洲国高官气愤地将随从端着的装着那枚勋章的礼盒抢过来，丢到地上，又踩了一脚。机关长朝山本歇斯底里地吼叫："你的剖腹谢罪！你死有余辜！"山本低着头鞠躬，一脸羞愧。

451.楼顶上，崔文成不管扩音器被打烂，还在演讲。他准备献身这座大楼，尽管楼下一队日本兵已经冲过来。人们听不清他在说什么，却知道和这大楼有关，人们被日本兵荷枪实弹威胁着，不太敢高声，形成低低的声浪：中——国！中——国——

452.大楼里。于北光和关老大、张五哥沿着楼梯拼命往上跑。一队日本兵叫喊着冲进来。于北光："关老大，我掩护，你们快上！"

453.于北光隐蔽在楼梯拐角处，日本兵冲上来，于北光用驳壳枪打倒了几个日本兵，日本兵的机枪响了，压得于北光抬不起头来。他只好一步步沿着楼梯向上撤。撤到二楼，犬养从二楼另一侧冲过来，日本兵包围了于北光。

于北光继续向日本兵射击，打了几枪没有子弹了。他抛出枪砸向犬养，犬养躲过。

454. 犬养乐了："于北光，我亲爱的于同学，你是自裁，还是束手就擒？看在同学的分上，我一定亲自伺候你，送你下地狱。"说着指挥四五个日本兵上前抓于北光。于北光使出功夫，日本兵被打得东倒西歪。一队日本兵趁机上楼。

455. 于北光抢过一支步枪，朝上楼的日本兵射击。犬养摇了摇头，一摆手，机枪响了，于北光倒在楼梯上，向下翻滚，到转角处停下。

456. 犬养指挥日本兵冲上楼。他来到于北光身旁："哈哈！怎么样，还是死到我的手里。"他近前用手背试试："还没死？正好让老子出出气！"说着要将身材高大的于北光抓起来，但很吃力。犬养丢下战刀，俯下身两手使足了力气想将于北光抓起来。

457. 于北光悄悄将身旁一个死了的日本兵手里的步枪上的刺刀卸下，攥在手里。犬养一只手抓着于北光的衣领，一只手抽他的嘴巴。

458. 于北光用尽最后的力气，将手中的刺刀从下向上刺进犬养的肚腹！犬养的笑声变成了惨叫！两人一起倒地，滚到楼下。

459. 楼梯上。冲上去的日本兵遇到阻击，只好和楼上对射。

460. 山本看贵宾们都悻悻地走远了，他气急败坏地挥刀指着楼顶："绞死给给！！"日本兵向楼上射击，子弹打在顶楼墙上。大队的日本兵冲向大楼。

461. 楼顶上。关老大冲上来按倒站在女儿墙垛凹处的崔文成。几颗子弹打在他们近处的墙垛上："崔先生，不能拼命，您只要活着，无论他们说这楼像啥，都心虚着呢。"关老大隐在墙后向下看了看，山本已指挥日本兵冲到楼前。

462. 山本率一队日本兵冲进大楼。沿着楼梯迅速往上冲。

463. 楼顶上，日本兵踩踏楼梯的声音越来越响。贾东山："老三他们快顶不住了，你们快走！"关老大："我掩护，你护送崔先生快跑！"崔文成挣开贾东山："你们忘了，这楼是我设计的，跟我走。"

464. 楼顶上。崔文成指路，三人转到楼侧面，崔文成指导贾东山用枪托砸开一扇门，只见外墙凸起的造型里面，有一部预留的维修货梯。崔文成按下按钮，封着的铁网门开了，三人乘上货梯。

465. 贾东山在外面关上铁网门，按动电钮，电梯合上迅速下降。关老大喊着："东山老哥！"贾东山："我留在这儿堵住他们。"

466. 一楼。货梯下来，铁网门刚打开，一队日本兵在鬼冢指挥下叫嚷着冲过来。关老大一挥驳壳枪开火，压制住鬼子，就要冲出去，崔文成拦住。关老大丢出一颗手雷，日本兵急忙卧倒。随着响声，腾起一片黑色烟雾。

467. 山本进了大楼。日本兵报告："他们的在货梯里面。"山本急了："兵分两路，一路堵住各层电梯出口，另一路上顶楼，控电室在上面！"

468.山本带人上到楼顶，他掏出图纸，指着墙角的工房："按绿色电梯开关，让他们自投罗网！"几个日本兵冲过去，按动开关，电梯隆隆响着，向上升起。藏在暗处的贾东山突然开火，日本兵被打倒两三个，剩下的往回跑。

469.贾东山按动红色开关，电机隆隆响着，电梯上面的钢丝绳在向下运动。山本急了，拔出战刀："绞死给给！"鬼子投出几颗手雷，爆炸后，烟雾散去，日本兵冲上前找控制开关。

470.电梯又下到一楼。门开了。五六个日本兵冲到门前的瞬间，崔文成按下开关，货梯关上门继续下降。日本兵一阵号叫砸门声，货梯到了地下室，下面一片漆黑，三人摸索着出了货梯。

471.崔文成扶着墙站起来，熟悉地在墙上一个维修工具箱里拿出一支手电筒，打开照亮，找到电灯开关打开，下面亮了。隆隆的响声中，货梯向上升去，显然，追过来的鬼子要从货梯下来。关老大拿起一根撬棍想别住上升的电梯，撬棍被夹弯了，掉下来，货梯迅速升上去，上面传来日本兵兴奋的叫嚷声。

472.楼顶上，被炸昏的贾东山躺在一旁，地上一摊鲜血。山本指挥日本兵开动电梯向上。电梯井里，钢丝绳在向上提升轿厢。

473.崔文成指着工具箱，关老大从里面拿出一把大钳子，将墙上的电线夹断。轰的一声响，电梯停在了半空中，一片漆黑！

474.山本听到电梯停了，急忙来到电梯井处，见电梯悬停在半空，几根钢丝绳在抖动。他焦急地回头来到楼顶垛口，向下看着崔文成可能逃去的东面苇塘。怒气无处发泄，一摆手，受重伤的贾东山被日本兵拖到他脚下。山本狠狠踢了贾东山几脚。

475. 山本看着远处，岸田在指挥一队日本兵撤出车站。他顿时警觉起来。招手命一个军曹："将岸田立即逮捕。"

476. 贾东山突然站起身，山东大汉倚墙站起来像一座铁塔："狗日的山本，你今天很荣幸，能跟老子一起从这楼上摔下去……"没等山本反应过来，贾东山猛地一头钻到他的胯下，将他扛起来，转了一圈儿，日本兵刺刀扎到贾东山身上，他使出最后的力气，扛着山本跳下了大楼！

477. 楼下石阶上。血溅四处，山本死都不甘心的眼睛还睁着。贾东山的脸上露出灿烂的笑容。

478. 地下室。黑暗中关老大向挑夫道："从步梯上一楼，我从前门冲出去吸引鬼子，你掩护崔先生从后门快走！"崔文成拉住他："关大哥，地下室是个'國'字，这'國'字的笔画就是走廊通道，鬼子短时间还琢磨不透，趁这工夫咱们快走！"

479. "國"字部分是一个大走廊联结着多个平行的房间。手电筒照着，墙壁上有一张通道示意图。不用细看，还真的是一个"國"字笔画组成的走廊通道。关老大和挑夫一看赞叹不已。崔文成在图上比画着："咱们先向右，到头再向左，走到尽头，然后右拐一直走，就能出去。"说完将示意图扯下来，关老大接过来，小心折好揣进怀里。

480. 黑暗中，手电筒照亮。挑夫背着崔文成，三人穿过锅炉间，走过配电室，过了机电井控制房，小心地走过积水沉井上面的跳板，关老大回头将跳板头虚搭到边上，狡黠地笑笑："鬼子追过来，就让他们洗个脏水澡。"

481. 地下室里静得怕人，棚顶上的水珠落在地上，滴答声分外地响，三人穿过曲折的通道。

482. 三人在通道尽头站住了，大门紧紧关着，三人想尽办法也没法打开。

483. 地下室里。黑暗中日本兵搜索前行。鬼冢叫嚷着催促日本兵快走。手电筒光照着"國"字形的岔道，紧急时刻没法辨认，遇到岔路，鬼冢只好命令分兵搜索前行。

484. 几个日本兵打着手电筒来到积水沉井，上了跳板，跳板虚搭的前头滑下，日本兵惊叫着掉进水里。听到惊叫声，鬼冢跑过来，气极了，掏出王八盒子朝黑暗里开火！

485. 出口门前，三人听到日本兵的落水声和枪声，更是紧张。崔文成从容地说道："大哥，如果我死了，你要告诉所有的中国人，就说这座楼的设计者老崔说的，它就是'中国'二字组成。"在手电筒的光亮下，暗影相衬，崔文成显得十分高大！关老大："崔先生，你必须活着，只要你活着，小日本和伪满洲国政府就没法胡说这楼像啥！"他捡起一根钢筋，在门上使劲敲了敲，发出空空的响声。他和挑夫两人捡起铁棍寻着缝隙，使劲撬了起来。

486. 崔文成朝上面比画着："这里是月台北面尽头处，只要出去了，穿过6条铁道线一直向东跑，不到300米就是苇塘，只可惜这门让人锁上了。"

487. 黑暗的通道里响起嘈杂的脚步声和叫骂声，越来越近。挑夫："鬼子追过来了，一定是找到了车站的人，弄清了通道的字谜阵。"崔文成："鬼冢是个中国通，他只要知道了地下室通道是个'國'字，一定能按照笔画找到路。"

488. 关老大："你们向后退，我来炸开这扇门，你们走，我来断后。"他将腰上缠的四枚手榴弹拿出来，捆到门把手上，拧开后柄的盖露出拉弦。

489. 黑暗中一个声音传过来："崔先生，不用炸门，我送你们走。"关老大拽出驳壳枪，四下打量。黑暗中那人笑了："崔先生忘了，我是那个差点被日本监工打死的工头，多亏您救了我。"说着，一阵哗哗门响，大门打开了，光线十分刺眼。

490. 关老大扶着崔文成跑出来，绝处逢生，几人十分高兴。关老大抱拳致谢。工头："几位英雄不要客气，穿过铁道线向东跑，苇塘里有一条小船。"

491. 关老大和工头一起将门关上反锁，关老大在门上挂上三颗手榴弹，拉出弦系上。

492. 三人扶着崔文成在月台上横穿，迅速跑过 3 条铁道线，在停着的车厢下爬过一处铁轨，又穿过几条铁道线，向东面苇塘逃去。

493. 轰的一声巨响！日本兵冲破大门，手榴弹也爆炸了。日本兵被炸翻了七八个，血肉模糊地躺在地上，剩下的迟疑着不敢追出来。鬼冢挥着战刀歇斯底里地狂叫着，逼日本兵追上去。

494. 守在月台上的日本兵听到爆炸声，发现了关老大等四人，纷纷开枪，三五个日本兵追上来。鬼冢领着一队日本兵也穿过铁道线追过来。

495. 关老大等四人跳下站台，穿过铁轨，被机枪火力压得没法爬上对面站台。一个铁路工人拿着红绿信号旗跑过来，叫嚷着："货车通过，危险……"六七个日本兵追到近前。

496. 关老大爬上对面站台，工头在后面推，关老大猛劲拉，崔文成被拖上站台，工头翻滚着搭上关老大的手。日本兵已经追到铁轨对面。

497. 货车呼啸而过。工头在过来的瞬间翻到站台上。日本兵被隔在对面。车厢一节节闪过。

498. 关老大和三人跑向苇塘。货车过去，日本兵跨过铁道追来。

499. 关老大回头射击，追击的日本兵被阻停下来卧倒，鬼冢指挥机枪开火。关老大倚在大树后射击，右臂和腿中弹受伤，驳壳枪脱手，好在有皮套挂在脖子上，没掉落在地上。他踉跄着跑了几步，倒在地上。工头回来背起他向苇塘里跑去。

500. 鬼冢督促日本兵钻过车厢，机枪掩护几十个日本兵冲过来。

501. 小船上，关老大回头见情况危急，推开给他包扎的崔文成，起身跳进水里，顺势一蹬，船离开岸边。崔文成没抓住他。关老大在水里回头说："快走，我掩护。"他泅水迅速游回岸边，隐藏在一丛芦苇后面，将手榴弹打开盖。

502. 日本兵追过来，关老大用驳壳枪射击。回头见崔文成还在使劲挣脱挑夫的阻拦，他不想走，要回去帮助关老大。关老大焦急地喊叫："快送崔先生走，要不咱们都白死了！"工头将崔文成按倒在船板上，挑夫划桨，小船向苇丛深处划去。

503. 日本兵向苇塘射击，子弹落在小船附近的水面上。关老大急忙射击，鬼冢狂叫着驱赶日本兵冲锋，子弹打得关老大抬不起头来。听到日本兵在近处叫嚷，关老大抬头见日本兵冲过来，左手挥枪再打，只打了两枪就没有子弹了。日本兵狂叫着冲过来。

504. 关老大滑下苇塘里，想借苇子掩护逃走。回头一看，小船被什么东西绊住了，停在一边，挑夫和工头跳下水推船。日本兵的子弹打到船头，崔文成只好卧在浅浅的船舱里。

505. 日本兵追到岸边。关老大咬咬牙，又抓着苇子爬上岸，日本兵架起机枪就要对着小船扫射。关老大高声嚷道："小鬼子！在你们眼皮子底下矗起个'中'字形的大楼，这是告诉你们，你们狗日的死期不远了！"两个日本兵冲上来，关老大拉开手榴弹弦线，还没等投出去，胸部中弹，手榴弹爆炸了！

506. 鬼冢拖开受伤的两个日本兵，上前扯开关老大的衣服，关老大的胸部鲜血汩汩流出来。鬼冢抢过他怀里的那张图，"國"字被鲜血染得通红。鬼冢恨极了，两个日本兵的刺刀扎向关老大，关老大微笑着掏出一颗日式手雷，在地上一磕，哈哈大笑！轰的一声响，炸起一片水雾，那片血红的纸被炸飞到空中，在蓝天白云的映衬下，像雪花飘散。

507. 血染红了扎龙湖水，鬼冢被炸死，狰狞不甘的眼睛瞪得老大。

508. 苇塘里小船上，崔文成悲恸万分。挑夫抹去泪拼命划桨。工头用篙撑船快速前行。转过一个汊口，看不到日本兵了，机枪声和叫嚷声渐渐远去。

509. 关东军驻军司令部。司令官："这座满洲国最好的火车站大楼，启用没几天就闹得惊天动地、沸沸扬扬，懂得工程的人大部分死了，只剩下岸田君，大本营任命你为关东军大佐工程官，你说说这座车站大楼怎么处置？"岸田："大楼本来是个抽象的'驿'字，鬼冢和崔文成推波助澜地把中国人向往的'中'字说成真的，以此来陷害崔文成，如今，倒不如不再评论，留着大楼……"司令官露出无奈的表情。

510. 主题歌响起。**（领唱与混声合唱）**

大楼像什么？

你问丹顶鹤。

众口铄金，

大家用心说。

上面是中，下面是国。

这是我们的家——中国！中国！

511. 扎龙湖芦苇荡。丹顶鹤飞过。白云飘过。一只小船从湖心苇塘里面划出来，来弟上身穿着和服，扶着孩子站在船头，孩子对着芦苇深处喊着："爸爸！我看到大楼了！是我写的'中'字！它还在，是中国的'中'……"

512.湖汊里面划出一条小船，工头坐在船尾，崔文成站在船头上招手。

513.两条小船划向芦苇深处。崔文成用手搭起篷，在晚霞中眺望着远方。轻风吹过，芦花飘荡。远处，蓝天白云下，"中"字形大楼显得雄伟壮观。

**（剧终）**

2022 年 3 月　第一稿于三亚和泓假日阳光
2023 年 7 月　第二稿于天津复地温莎堡
2024 年 9 月　第三稿于天津复地温莎堡

神算『张铁口』

## 故事梗概

　　故事发生在 20 世纪 40 年代的江南小镇，人称"张铁口"的算命先生利用日本人对中国占卜的迷信，多次帮助新四军摆脱敌人的进攻，并及时获取敌人重要情报。"张铁口"利用为人算卦画符来传递消息，与日本人斗智斗勇，使日本人想利用他帮助传递假情报的计划破产。敌人识破了他的身份，烫瞎了他的眼睛，可是"张铁口"不屈不挠，最后他和新四军游击队一起设计彻底消灭了这股日本鬼子。

1. 20 世纪 40 年代初的江南小镇。喧嚣的街市。商铺林立。商贩在街头叫卖着，街道上熙熙攘攘的人们，吵嚷叫卖声非常热闹。

2. 叠印字幕：1943 年

3. 张铁口手持算卦幌子，在街头为人卜卦。一个商人模样的人走过来，指着他的幌子嘲笑："看你这幌子，写得真狂！敢吹啥'一根竹签知生死，三枚铜钱问前程'。嘿，真能吹牛！"张铁口并不慌张，眼睛在墨镜下看着商人："无量寿佛，贫道只为信者占卜，算准了人家赏口饭吃，算得不准也能吉言利市，讨个吉祥，先生不信，自去发财，贫道自家寻个客人混个生活就是，那些……"

4. 一个渔民模样的人背着鱼篓走过来："张神仙，谢谢您！您算得真准，真是神了！"后面跟过来很多人。那些人热情地围着张铁口看热闹。渔民模样的人继续说："前天您算得准极了，按您说的，大晴的天也没风，我愣是没敢下湖捕鱼，老婆骂了一天也没敢去，结果去的 6 条船，4 条被大风刮翻了，2 条遇上了鬼子抢了鱼，烧了渔具和船，说是封锁水路防着新四军，只有我听了先生的，毫发无损。您真的是神仙！这些活鱼送您的。"说着拿过鱼篓，里面是活蹦乱跳的几十条活鱼。

5. 商人听完凑过来："真有这等事？今天咱就请你算算。"说着接过幌子领着张铁口进了一座茶楼。人们跟着看热闹，簇拥着张铁口进去。

6. 茶楼门口一个便衣想拦住他们，一个斜眼戴礼帽的特务看看他们，制止了同伴。商人请张铁口上楼："先生，楼上清静，还请上楼赐教。"一个戴着礼帽穿黑衫的特务，他是特务队长白康，凶狠地拦下："去去去，楼上太君在办案，设好陷阱捉……"暗处坐着的日本兵大队长松井浩三："八嘎！泄露了机密，死了死了的。"白康连忙更正："啊，楼上的位子我们包了，下去，下去！"商人不敢得罪他，连忙笑着退下。张铁口向上望去。

7. 楼上。一个茶商打扮的人镇定地坐在桌前，窗前门口都是荷枪实弹的日本兵和伪军。茶商气定神闲，并不慌张。

8. 张铁口和商人坐在门口。张铁口看着门外。商人："先生人称活神仙，兄弟我就算一件事……"张铁口看着门外的人群："请不必明言所算之事，只写一字即可。"商人："我写……我写啥字呢？"张铁口："随便啥字，老道均能知晓所问之事，然后告诉你卦象所示结果。当然，还有一事……"他看到门外人群中新四军侦察队长吴戈焦急地看着楼上窗户。

9. 茶楼上。特务队长白康嫌张铁口碍事，要派人撵走他。松井浩三听着张铁口在楼下滔滔不绝地说着，却很感兴趣，摆手制止："不，水至清则无鱼，全撵走了，新四军

120

的探子不会来，何况，中国的神课博大精深，还能未卜先知？不知道他是不是真有本事？"白康讨好他，也一起听。

10. 张铁口眼睛瞟着门口的吴戈，眨眼示意，吴戈却焦急地看着楼上，目光对不上。张铁口无奈地高声道："你既然写不出来啥字，又不拆字，我看你是经商之人，必定是来求富贵，咱就将'求财'两个字为你测来可好？"商人乐了："兄弟就是为求财而来，请问先生，就这两个字能不能知晓我是做啥生意的？"张铁口："'求'字和'财'字皆有木形，先生是做茶叶生意的，我说的可对？"

11. 楼上松井浩三窃喜，戴着白手套在手掌上画着："两个字的确都有木形？"楼下张铁口："'求'字已然见'木'，'财'中的'才'只有半'木'，怕是你这次贩到岭南镇的茶，只有一半的……"商人惊叫："神了！真神！您真是神算张铁口！"楼上松井浩三："神算？张铁口的神仙的干活？"

12. 叠印片名：**神算张铁口**

13. 楼上。松井浩三听着，忙着在桌上画着："'求'字中'木'？'财'中半'木'的什么的干活？"特务队长白康也不明白，应付道："太君，'才'加一捺，也是'木'，只怕是还少了一短捺吧？所以……"松井浩三："哪呢？"百思不得其解，急得抓耳挠腮。

14. 张铁口见吴戈急着要上楼接头，他不等吴戈上楼，丢下商人迎过去，一把抓住吴戈："陈三伢子，你爹欠我的卦钱半年了，一块大洋，你必须还我！你爹卖卤肉，挑着担子四下走，靠我算的方位发财，欠卦钱不还，你到处打短工，找不到你家人，可逮住你了。"吴戈看着楼上，十分着急："先生，我不是陈家三伢子，我是……"张铁口上前一掌，吴戈机灵一躲，打在肩上："啥不是，你打小就偷吴寡妇的鸡吃，被你爹打得逃到山上不敢下来，还是我送你碗稀饭救命，不是你是哪个？难不成活见鬼了？"说着抓住吴戈往外推，"今天不还一块大洋，你别想跑！"

15. 楼上。那个茶商打扮的人，听到吴戈声音突然发作，指东打西，鬼子不想开枪，被他借机打开空隙，蹿到窗前，一脚端开窗户，纵身跃上窗台，要跳下去。松井浩三这才从猜测那两个字的沉迷中醒过来，狂叫："开枪！别让他跑了！"（日语）

16. 枪响了，茶商打扮的人中弹摔到楼下。松井浩三一行下来，有二十几人。吴戈转过身来，冷眼看着这一切。张铁口趁乱将他插在后腰上的驳壳枪用衣服遮着，拔出来塞进自己的褡裢里。

17. 门口特务向松井浩三报告："这小子不顾命跳下来，接头的人肯定吓跑了。"松井浩三："哪呢？这些人的统统的嫌疑，一个不放过，统统地搜查！"

18. 商人要跑，引起松井浩三怀疑，摆手，被日本兵抓住，推搡着到了松井浩三面前。伪军搜吴戈全身，没发现什么，让他滚蛋。张铁口嚷着："欠我的钱，明天要是不送到清溪镇你三叔家，看我不画恶符咒你全家！"吴戈看了看死去的战友，那不甘的眼睛瞪得很大。他转过身随着人群走了。

19. 人群中掩护吴戈的新四军班长徐铁肩扛着扁担，一副挑夫打扮，高高的个子，壮硕的身材，在人群中十分显眼。他挡着特务队长白康看吴戈的视线，等白康从人群中挤过去，吴戈早已不见了。白康命令将徐铁肩抓起来，但他并不害怕。

20. 徐铁肩被带到松井浩三面前。松井浩三怀疑地看着他，让他解开腰带，见他长得十分壮实，松井浩三更不放心："你的，新四军的干活？"徐铁肩："咱就是个挑夫，挑夫。"说着取过扁担比画。松井浩三："挑夫？挑的货物呢？"徐铁肩指一指墙角，有4个麻袋立在那儿。徐铁肩过去，将需要两人才能抬起来的4袋米捆好，扁担穿过绑绳，毫不费力地担起来。松井浩三："你的挑夫，力量大大的！大大的好。"摆手让他挑走。白康讨好松井浩三："这些米全送到宪兵队！"两个伪军跟上徐铁肩。

21. 松井浩三看看张铁口："你的神仙？"一个鬼子来报："竹林镇发现新四军电台，可能是江北指挥部，旅团长命令，迅速包围竹林镇。"松井浩三命部下拿过地图看了看，一挥手："从这里的，抄近路进攻。"

22. 商人拉着张铁口："我求财只得一半？咋样才能挣1倍？3倍？10倍？"张铁口将他的卦钱递回，"竹林镇！鬼子要去祸害百姓了，我老婆孩子还在镇里！"商人摇头无奈地笑笑："神仙还有老婆孩子？真有意思。"

23. 日本兵大队和伪军进攻竹林镇。新四军阻击。张铁口和逃难的人们一起从镇里逃出来。张铁口的妻子领着儿子百琲紧跟着张铁口。张铁口背着包袱。

24. 一个小姑娘背着背篓扶着奶奶缓慢行走。日本兵冲过来，老人跌倒在地。一队日本骑兵冲过来，老弱病残的乡亲们，有的被踩踏致伤。小姑娘去扶奶奶，被日本骑兵拎起来搭在马鞍上。新四军侦察员王勇赶过来，拼刺刀刺死一个日本兵。拔出日本兵枪上的刺刀，猛掷出去，正中日本骑兵后心，日本兵惨叫一声回头落马。小姑娘摔在地上。王勇赶上前，抱起小姑娘。小姑娘不舍奶奶，回头哭叫。

25. 新四军游击队利用地形阻击，日本兵无法冲上山坡，气极了点燃了十几座草房。

26. 又一队日本骑兵冲过来，逃难的人们被冲散了。哭爹喊娘，十分混乱。张铁口跌倒，算卦的阴阳鱼招牌掉到地上被踩踏，包袱被人们绊得滚下坡，被几个伪军撕开翻弄。新四军徐铁肩跑过来拉起他，张妻和孩子被冲到人群中。徐铁肩拉张铁口逃到树林边让他快跑。他不肯，指着妻子跺脚叫喊。徐铁肩回头冲过去，刺死一个日本骑兵，将他儿子抱回来，他的妻子被日本兵拖到竹林镇路口。

27. 林中。张铁口把儿子交给一个大娘，冲过去想救妻子，被徐铁肩抱住。

28. 街口院子里。张铁口妻子被鬼子撕去上衣，半裸着身子在地上挣扎。几个日本兵狞笑着，脱去外衣。

29. 几颗手榴弹爆炸，新四军班长陆蒙、徐铁肩和赵有粮带着3个战士冲上去，徐铁肩背起张妻，陆蒙和赵有粮掩护，边打边撤。

30. 松井浩三挥起战刀，日军迫击炮响了，陆蒙被炸伤倒地。

31. 徐铁肩把张妻交给张铁口，冲回去背起陆蒙，侦察队长吴戈赶过来，从负伤战士手里接过捷克式轻机枪，端起射击。日本兵被打倒几个，剩下的急忙躲藏。徐铁肩趁机背着陆蒙撤走。

32. 新四军营地。张铁口拉着躺在担架上的陆蒙："救命之恩不敢言谢，你叫什么？"陆蒙："新四军！"担架被急匆匆抬走了。吴戈过来笑了："啊，告诉你吧，他是三班长陆蒙，那个负责掩护的是侦察队的赵有粮，我呢，你知道的……"说着眨眨眼，诙谐地笑了，挥一挥张铁口帮他藏过的驳壳枪，"我是陈家三伢子，还欠你卦钱呢！"张铁口和吴戈拥抱在一起，吴戈挥手："神仙老哥，后会有期！"张铁口目送新四军大队撤离。

33. 夜晚。新四军袭击日军仓库。赵有粮剪断铁丝网，吴戈带领战士们迅速冲进去。新四军战士将日军哨兵杀死。屋子里面，几十个日本兵正在酣睡。吴戈安排徐铁肩机枪警戒，战士们将日本兵的枪弹收缴一空。夜幕下，新四军撤离，徐铁肩肩上扛着四五支步枪，还拎着一个子弹箱。日军的仓库在燃烧。

34. 湨河里。日军汽艇疯狂地撞击渔船。五六只小船翻了，渔民在河水里挣扎逃生。汽艇追上没翻的小船，船上几个渔民挥鱼叉反抗，叉死两个日本兵，被众日本兵开枪打死掉进河里。小船上没人，在河水中漂荡。

35. 藕塘镇。街上一个穿着黑绸布衬衫，戴着黑礼帽，肩上斜挎着木壳驳壳枪的男人陪着一个穿着旗袍，翘着兰花指，打扮妖艳的女人招摇过市，他是伪军大队长潘虎。女人狂傲地拿着绢帕掩着嘴，挑剔地指点着买肉。后面跟着两个背长枪的保镖。街市上买东西的人们如见瘟疫般急忙躲开。

36. 一个说唱要饭的老瞎子睁着白眼儿看着天，坐在一个铺面前面的板凳上拉着胡琴，木板桌上放着一碗清水。小姑娘唱着："竹叶绿，菜花儿黄。淠河两岸是家乡。鱼儿肥，米粮仓，兄弟打鱼，姐妹们采茶忙，一派好风光。自从来了东洋兵……"围观的人们纷纷叫好，胡乱往桌上的木盘里丢几张票子和竹笋还有野果瓜蔬。一个好心的阿婆递给小姑娘一块糕饼。

37. 突然，街上大乱，胡乱吵嚷着："日本鬼子来了！快跑吧！"老瞎子连忙起身，胡乱摸着找那根竹竿，小姑娘摸到竿子去牵老瞎子的手，躲避不及乱跑的众人，被慌乱奔跑的人们撞倒在地。

38. 忙乱间，没想到小姑娘的手扯上了走过来的那个妖艳太太的旗袍，太太见旗袍被抓脏了，愤怒地命两个保镖打小姑娘出气。保镖上前扯开小姑娘，不管老瞎子如何求饶，拳脚一起打上来。

39. 这时张铁口过来对潘虎说："无量寿佛！我观先生近日必有喜事临头，何必被这要饭花子闹得不开心，万一惹怒了过路神灵触了霉运，再影响了升迁，岂不是因小失大。"潘虎摆手拦住不肯善罢甘休的太太："嘿嘿！张铁口？！又是你！老子可不信你拿麻衣神相唬人。"

40. 一队日本兵急匆匆穿过街道走来。大队长松井浩三挎着东洋刀走在前面，一个翻译和白康追随在松井浩三的左右。后面跟着一小队日本兵，肩上扛着上了刺刀的三八大盖，前排的日本宪兵队长中村牵着一条吐着长舌头的黑背狼狗。白康凶狠地推开那位太太的保镖，扯住唱曲儿讨饭的爷孙，嚷着："就是这两个假装的穷鬼，四处游荡给新四军送信，都是新四军的探子，抓起来！"

41. 老瞎子翻着白眼盯着松井浩三和中村，两手胡乱往空中比画："求求你们放了俺们吧！俺祖孙俩是讨饭的，就算俺想帮着新四军，又老又残的谁能要俺们？"特务队长白康叫嚷着："放了你？前天你俩在茅竹岭要饭，昨天追击新四军游击队的一队皇军就在下竹湾遇到了埋伏，死伤了好几十……啊？！那个村里居住的都是茶农，保长说了，这个季节忙着采茶，谁家都没有下山，更没有人出过远门，还不是你俩到处游荡，给新四军送信。"松井浩三冷笑一声，白手套一挥，中村命令："统统的宪兵队的干活！"爷孙俩被强拖着抓起来。

42. 狼狗在地上的打狗竹杖上嗅来嗅去。白康上前拿起竹杖，爷爷示意紧张的小姑娘不可轻举妄动。中村接过竹杖，掂了掂冷笑一声抛到面前，没等竹杖落下，抽刀劈去！

43. 竹杖应声分成两半，一个折成很小的纸团掉出来，还没等纸团落地，那瞎子老人突然跃起，抢过那个纸团吞下。几把刺刀从他后背刺进去，老人倒在血泊里。小姑娘挣扎着哭喊："爷爷！"松井浩三恼怒几个日本兵没等拿到秘密就刺死了老人，骂了几声："八嘎呀路！"白康将老人翻过来，扯下胡子，发现那老瞎子竟然是个年轻人。白康急忙表现，叫骂着抽了"老人"几个耳光。

44. "老人"眼睛睁得大大的，看着日本兵，突然从怀里掏出一颗手榴弹："小鬼子，老子就是新四军！强逼着这小妮子给俺带路，这事和她没关系。"手榴弹冒着烟，他拼尽全力将手榴弹丢过去。冒着烟的手榴弹在地上滚向日本兵，吓得日本兵和伪军一声声尖叫！一声巨响……

45. 烟雾过后，松井浩三爬起来，不愿人们看到他的狼狈相，推开扶他的两个日本兵，他的眼镜被震落在地上，翻译官捡起来递给他，他透过破碎的镜片看去，中村和四五个日本宪兵被炸死了，血肉模糊地倒在地上。翻译官躬身说："这小子顾忌小姑娘没往您这儿投，要不然，后果不堪设想。"松井浩三对小姑娘恼恨极了，上前掐着她的脖子几乎要掐死她。翻译小心地劝道："两个全死了，怎么追查新四军游击队？"松井浩三将小姑娘丢到地上，一摆手："带回宪兵队。"

46. 张铁口上前打个揖首："无量寿佛！太君，这小妮子是竹林镇讨饭的余阿婆孙女，奶奶死了，她是被那人雇来拉着竹竿引路讨口饭吃，小孩子家，她能知道个啥？求太君高抬贵手放了她吧！"白康："张铁口，你自己都自身难保，还敢多管闲事？不要命了？"

47. 翻译告诉松井浩三："治安军的潘虎大队长最清楚张铁口的情况。"潘虎这才上前，凑过去向松井浩三报告张铁口的情况。翻译："这小子是江南第一相师，人称'张铁口'，都吹他能预知天下事，能料人间祸福，瞎猫碰上死耗子的事也不少，长此以往，蒙对的多了，就有人信他。"松井浩三戴着白手套的手向上推推眼镜，意味深长地冷笑：

"你的，咱们见过面，你能站出来替她求情，我不会杀了你？"张铁口打个揖首，笑道："无量寿佛！生杀大权在太君手里，小可怎敢妄加揣度，只是这唱曲儿的小妮子岂能知晓军机情报？抓去何用？还会影响大日本皇军的亲善形象。"松井浩三："你的很会说话，那你的算算，我会不会放过她？"

48.张铁口道："太君放了她，一丝善念必然佑将军再晋级发财。不放，那说明将军虽然挟皇军的雷霆之势，却对征讨新四军束手无策，只好将胜败寄于一个不谙世事的小姑娘，号称天下无敌的大日本皇军岂能被世人如此轻看？"松井浩三冷笑道："一派胡言，我放了她，你敢不敢跟我走？你敢，我就放这小姑娘走。"潘虎和翻译有几分不解。松井浩三："有请神算张铁口到镇上卜一卦，如果算得准，你有命在，算得不准……"翻译翻道："那你就别想活了。"白康推着张铁口走了，小姑娘傻傻地站在那儿，轻声道："张先生。"

49.访仙镇。伪军驻地。小姑娘被带到队部给伪军大队长潘虎家做女佣。她小心翼翼地给那妖艳的太太递上一碗莲子羹，那女人翘着兰花指拿起调羹一口下去，烫得她急忙吐出来，一碗热羹泼到小姑娘脸上。

50.新四军江北支队指挥部。参谋长在听汇报。情报处长报告："访仙镇联络站站长钱阿强被俘叛变，丹阳方向几个秘密联络点被破坏了。7位情报员被俘都被杀害了。去茅山的侦察员回来报告，鹰愁岭联络站站长胡庆生被俘叛变，这一条线情报中断，我们在这一带几乎成了聋子瞎子，无法做到知己知彼。"作战处长:"抗大三分校遭到鬼子突然袭击,损失较大,江北野战医院开赴预定前线准备实施战场救护,路上遇到皇协军埋伏,几乎全部牺牲。鬼子并屯并户不准老百姓出来,没了情报系统的支持,我们成了聋子瞎子,必须想办法重新建立情报系统。"

51. 侦察队长吴戈进来报告:"特级侦察员,化装成卖唱瞎子的王勇因叛徒告密牺牲了。那个算卦的江湖术士张铁口出面营救侦察员,被鬼子抓进据点。这个人?"参谋长摆摆手道:"重建情报站,要打破鬼子处处封村封屯的牢笼,必须想出最有效的法子。我们的范围要扩大,不能只在老百姓中去找,那样极容易被敌人识破。要知道各阶层都有爱国人士,必须找到一些有合适职业身份掩护的爱国者。这个张铁口的情况要尽快搞清楚。"

52. 伪军大队长潘虎押着张铁口,穿过军营去见松井浩三。他问张铁口:"你给咱算算,明天咱大队会不会出发去五柳镇打新四军游击队?"张铁口站在军营门口日本鬼子膏药旗面前,看了看旗角被风吹得飘动,摇了摇头不出声。潘虎随着他的目光仔细看了看飘动的旗子,看不出所以然,只好说:"明天是我老婆生日,最好别出动,还请神仙道人指点迷津。"张铁口高深莫测地笑道:"你要真想明天没有行动,那还不简单,你的手下乔小队长刚才不是来报告,在上竹湾发现新四军游击队在设伏,好像在埋土地雷,需要派人先去侦察,这侦察结果到底有没有,可是皇军决定出兵时要考虑的。"潘虎傻了片刻,叨叨着:"他们报告有人在挖笋,还以为是埋地雷。"又突然大笑起来:"先生神算，先生算得对。他们报告，游击队在去五柳镇的路上设伏。"

53. 松井浩三队部。松井浩三客气地请张铁口坐下："你的神仙？是诸葛亮的神课，还是鬼谷子、刘伯温的六爻？还有什么麻衣神相葛仙翁？"张铁口不卑不亢："祖上传下来的预测神术，万流归宗，都以《易经》为根，再分枝蔓，六爻占卜，蓍草问卦，随手拿起任意一物，皆能预示凶吉，通晓天机，预知未来。当然……"翻译官骂道："别胡说八道，老子要揍你，你能算得出来用右手还是左脚？"松井浩三不乐意了，一摆手不许翻译再说。松井浩三从案桌上拿起一张纸："你的，能算出来这是什么？"张铁口笑了："军机大事，岂可妄断？更不能以老夫占卜干扰了太君的英明判断。"

54. 上竹镇，侦察队长吴戈和队员赵有粮化装成村民，背着竹篓在那个瞎子卖唱的小店前打听："大妈，那个和瞎子在一起的小姑娘上哪儿去了？神仙张铁口常来咱这儿算卦吗？"大妈一边忙碌着一边说："小姑娘可能是跑回竹林镇老家了吧，张铁口被鬼子抓走了，听说被抓到镇里宪兵队关着呢。"

55. 松井浩三队部。翻译官弯着腰毕恭毕敬地翻译着松井浩三的话："松井浩三太君说了，你要是能算出这张纸上说的是啥，就放你出去，还把镇里戏台对面的门市奖给你当铺子，再不用走街串巷算命了。要是算不出来，嘿嘿，你就是江湖骗子，太君也不杀你，用尖刀挖出你的膝盖骨，让你和古代的孙膑一样，在地上爬！"张铁口笑了："咱算命的祖上传下来的规矩有几不算，这一是对不信的人不算；二是对祸事不算，因为祸由心生，靠算卦避祸，即使避开了也会犯天条，必遭天谴。这一代不报必遗祸子孙五世，谁肯为这去换几个卦钱。"

56.松井浩三的战刀抽出一半，刚想发火，又冷静下来，将刀插回刀鞘："张先生，我对《易经》笃信无疑，你为啥不算？用你们中国人的话来说，啥叫君子问祸不问福，张先生但说无妨。"翻译："叫你神仙，那是夸你，你还当真了？别给你脸不要脸！"张铁口："皇军虽然相信，老夫却不敢胡诌，因为这张纸上……"

57.特务队长白康上前劝他："张神仙，太君拿的是嘉奖令……"松井浩三："八嘎！你的提醒，良心大大的坏了！死了死了的！"吓得白康战战兢兢退到一旁。张铁口冷笑一声："祸兮福所倚，福兮祸所伏，可惜呀，不识庐山真面目，只缘身在此山中。这个时辰，犯了太岁，怕是责罚申饬令到了，一切因果，自有定数，想遂你心，也是枉然。"说罢无奈地摇摇头。翻译官挥着扇子打张铁口："你敢把太君受到嘉奖的喜事算成祸事，你不想活了？！"松井浩三抽出战刀架在张铁口脖子上，张铁口却十分镇定。

58."报告！"一个传令兵递给松井浩三一份电报。松井浩三匆匆读过，顿时脸色由白变红："你的，真正的神仙！大大的好！你的说，我的马上出征是凶是吉？"张铁口笑笑："占不卜杀伐，卦不现垂象，大队人马去杀人，岂能请张天师给予警醒之卦？"松井浩三冷笑着哇哇说了一通，翻译："太君说了，你不敢算，因为你算不准。"白康急着要在松井浩三面前表现，上前挥马鞭要抽张铁口，催他快说。松井浩三摆手威严地："嗯?!"张铁口眯起眼睛掐指算着，良久，喃喃地说："此时为巳时之末，属艮蛇，遇书柬为木，如果现在就出发，进山之时就会在午时之初了，请恕老夫直言，这时辰犯了太岁，有天火焚木，蛇此时离洞无处藏身，必有血光之灾，性命之忧。"

59.松井浩三想发火，又强压下。翻译官看出门道，十分不屑："皇军神威，岂可听你一派胡言，贻误了军机?"松井浩三却深以为然："怎样的，才能保证全胜?"张铁口："这等军机大事岂是江湖人能参与得了的? 不过，要是在未时之初再进山，则阳火渐衰，林旺草盛，虫蛇灵动，虽不能全然斩获，却能保出击者全身而退。当然，还须一路善行，当有……"张铁口越说声音越小，松井浩三却听得仔细。

60.张铁口被两个伪军押往军营关押。进了院子，民夫们正整理着挑担准备随军出征。一个个都鄙视地看着他，悄声骂他是披着算卦衣衫的汉奸，他并不在意。

61.经过厨间路狭窄，挑柴进来的一个大汉顺过扁担让他们过去，正好和张铁口脸对脸碰上，四目相对，大汉眼里全是怒火。张铁口认出这是和新四军徐铁肩一起的赵有粮。张铁口只顾透过身材高大的赵有粮肩膀看着前方远处，被地上散放的几根柴绊倒，爬起来抓着赵有粮气愤地大喊："真败兴! 午时遇木，必有血光之灾! 连你一个卖柴的穷鬼也敢欺负我，松井浩三大队长下午率队出征去茶花岭，要是算不准老子就会送命，偏偏撞上你这个挑柴的丧门星!

呸！呸！呸！"说着使劲往地上吐唾沫解秽气。两个伪军也不搭话，用枪推着他进了后屋，把房门锁上。那挑柴的赵有粮也不说话，面无表情地撩起衣襟擦擦汗，将地上的柴码成垛。

62. 下午。一队伪军和日本兵沿着山路出了镇子。骑在马上的松井浩三举起望远镜向山峦里茂密的森林仔细看着。不远处跟着的潘虎问翻译官："太君咋突然信了这个江湖骗子的胡诌？"翻译官："太君拿给他算卦的那张纸是嘉奖电报，他却算出来相反的结果，说卦象显示，松井浩三谎报战果，要遭到责罚，怕有不测。紧跟着司令部申饬电报来了，他早算出来电报内容是被山田司令官训斥，还要将他军法从事。如此这般能未卜先知，松井浩三太君岂能不信？"潘虎摇头："算卦的说的都是些模棱两可的话，瞎猫碰上死耗子就是了，要是不准，这老小子还想活？倒是咱们，要是被这老小子忽悠到鬼门关可就惨喽。"

63. 茶树遍布的山腰，松井浩三的队伍呈战斗队形搜索前进。松井浩三问潘虎："你的说，张铁口会不会真心为大日本皇军避凶趋吉，指点迷津？"特务队长白康跑过来："报告队长，前面的路被游击队破坏了，还发现了地雷和陷坑。"松井浩三命令："兵贵神速！炮兵的开路引爆，工兵的后面排雷。"

64. 日军迫击炮发射，山间路上爆炸声不断，烟尘飞扬。工兵在后面小心排雷，大队跟进，行军速度很慢。松井浩三焦躁地看看手表，太阳快落山了。

65. 最后一抹阳光从山头上落下，天黑下来。四下里游击队从黑暗的林中开枪，曳光弹划破夜空。日军和伪军被藏在林中的新四军打得晕头转向，死伤无数。松井浩三挥刀叫嚷着，伪军不敢前进只得向后退。日军凶悍却找不到对手，只能被动挨打。

66. 潘虎劝道："敌暗我明，与其在这儿被人家打一夜，不如撤回去白天再来。"松井浩三不置可否，犹豫不定。伪军溃逃。暴戾的松井浩三拔出手枪射杀了两个逃跑的伪军。

67. 残月如钩。黑夜里，松井浩三骑着大洋马带着残兵败将，垂头丧气地往回返。突然他气急败坏地抽出战刀凌空劈下："死了死了的！"翻译小心问："太君，是不是回去就把那个胡说八道的张铁口杀了？是他用卦象诱使我们推迟出发时间，让游击队有足够的时间设伏。"松井浩三恼了："八嘎！大日本皇军怎么会听信江湖骗子来指挥战斗？"翻译小心地说："太君英明，要是贸然出击，还不得进了地雷阵，中了新四军的埋伏？"特务队长白康讨好说道："太君回去拿那老小子开涮，试试他的底细。"见松井浩三垂头丧气地骑在马上并不买账，不敢再说了。

68. 黑暗中行进的伪军前队踏上地雷，巨大的爆炸声震得松井浩三惊慌失措，慌忙滚鞍下马。手榴弹嗖嗖地从四下飞过来，炸得日伪军四散奔逃。一颗流弹飞来，松井浩三被打中右腿，惨叫一声倒地。冲锋号响了，新四军游击队从四下里冲出来。分队长丁强一挥驳壳枪，战士们和日军拼杀在一起。伪军四下逃散。

69. 站在高处的丁强命令："打扫战场，迅速撤离，鬼子的增援部队马上就到，我们的阻援部队压力极大。"侦察队长吴戈："分队长，那个借机为我们提供情报的张铁口一定会受到鬼子怀疑，是不是布置一下，把他们搅糊涂了？"一队俘虏被押过来，丁强有了主意。

70. 丁强站在林中高处向伪军俘虏训话。新四军打着火把照亮。"打败日本鬼子，把侵略者赶出中国是每一个有良心的中国人共同的愿望。我们今天的胜利，就是你们伪军中的爱国者提供的情报。你们没有被打死不是命好，而是你们当中还有人有良心，还有人愿意把日本侵略者赶出中国。"伪军们面面相觑，互相猜疑着。不远处吴戈和侦察员们露出神秘的笑容。

71. 月光下，被缴械的伪军狼狈地散乱着往回跑。

72. 巨大的石头后面，新四军的阻击阵地。一个班的战士在阻击增援的日军。捷克式轻机枪响起，日本兵纷纷倒地。一个通信员跑过来："三班长，队长命令你们马上撤下去，阻击任务完成了。"陆蒙："周强和我掩护，副班长带人快撤！"日本兵从三面冲上来，陆蒙："看来是没法出去了，三班的，咱们和鬼子血战到底！"负伤的周强把 3 颗手榴弹捆到一起拉弦冲向日本兵，爆炸声中日本兵被炸得残肢乱飞。陆蒙射击，没有子弹了。他刚刚起身转过巨石，上好刺刀准备拼杀，日军迫击炮弹爆炸了，陆蒙和三四个战士被炸倒在地。

73. 张铁口被带到松井浩三队部。松井浩三抚着伤腿冷笑几声，狼狗冲上来张着大嘴，吐出长长的舌头，凶狠地盯着张铁口。翻译："你的说过，皇军只要傍晚出征就会获得全胜，如今皇军回来了，你算得准吗？你是不是在为新四军演一场'阚泽献计'，暗地里帮着新四军？"张铁口："上天有眼，天不可负，你们要是真的去打土匪，为百姓除害，卦现吉相。可是，你们是不是在路上就开始做伤天害理的事了？那结果能一样吗？"

74. 松井浩三急了："你的说，我们昨天是胜利了还是失败了？"张铁口看着房梁不说话。翻译一招手，两个日本兵端着上了刺刀的三八大盖上来，刀尖对着张铁口的胸膛。张铁口笑了："堂堂的大日本帝国少佐，怎么会按照江湖术士的市井胡言来指挥战事？要是真的按我说的去排兵布阵，传出去还不贻笑大方？何况，事先我就说了，我的预测只是老道信口胡言，为皇军解闷儿就是了。战事结果如何，与我何干？"松井浩三无言以对。

75. 传令兵来报："阻击我增援部队的一个班新四军只有一人重伤被我们活捉，其余全部战死。"松井浩三摆手命他退下。潘虎上前："张铁口，你号称是神仙，如今皇军大获全胜回来，斩获无数，你却不敢预测结果，你是不是不想活了？"狼狗上前，前腿搭到张铁口膝盖上，伸着长长的舌头，他还是一声不吭。潘虎抽出驳壳枪："我毙了你！"松井浩三命人将受伤的新四军陆蒙带上来。

76. 身上多处裹着绷带的陆蒙被抬上来。松井浩三示意，一个日本兵端起刺刀捅到陆蒙的大腿伤处，昏迷的陆蒙一声惨叫苏醒过来，骂道："小日本！爷爷早晚得……"说着又昏倒在担架上，张铁口为之动容。松井浩三："你的说，昨天你是不是故意用什么狗屁卦象来拖延皇军出击时间，好给马猴子留下设伏的战机？不说，哼！"两个日本

137

兵用刺刀刺向陆蒙的伤处,他清醒了,咬紧牙不再叫喊,额头上滚落豆大的汗珠。松井浩三冷笑,指着张铁口:"不说?你会比他更惨!"

77. 张铁口镇定地笑了:"太君还说要和我交个朋友,如今看来我要是不说,连我也别想出这个门了。"松井浩三皮笑肉不笑地看着他。张铁口:"先说我吧,就算我故意用卦象推演拖延时间,可我始终在你这里被人看着,我又咋和人家游击队联系得上?再说这卦象,当时卦现小吉,本应获胜,可是你们在进入滦南村等待进攻时,我在这儿抽著草卦象却是第三十九卦,水山蹇卦,按时间算这时你们在上虞村抢夺财物,说是剿灭土匪,你们先当了土匪,祸害百姓,还妄想天佑皇军?""八嘎!你的良心大大的坏了!"松井浩三怒了,哇啦哇啦地嚷了一气,翻译道:"皇军问你,要是没发生这些事,那我们还会遇伏吗?我们的大队人马是不是也没法活着回来?"张铁口:"烧杀抢掠,禽兽不如,神鬼难容,何况人乎?天人共愤,岂不同心诛之?"松井浩三气极了,挥刀用刀背猛砍张铁口的肩膀,痛得他倒地抽搐。

78. 日本兵将烧得通红的火钳子对着张铁口的双眼,他挣扎着:"不是说好的,只要我说话,就放了受伤的人?"翻译恶狠狠地嚷着:"就是信了你的胡言,才导致皇军错失先机,太君的队伍被这些泥腿子伏击,就连太君也险些丧生,要想让他活,除非废了你的两个招子。嘿嘿!反正世上的事你都先知道了,要眼睛还有啥用?"新四军陆蒙叫着:"有本事冲我来!放过张先生!"

79. 松井浩三狰狞地冷笑。焦炙的烟腾起,一片黑暗!张铁口惨叫一声,疼得倒在地上翻滚。陆蒙挣扎着从担架上坐起来想扶张铁口,却够不到,狼狗听到口令,冲上去一声吠叫,把张铁口的胳膊死死叼住。

80. 陆蒙用一只能动的手抽出担架上一根竹片,狠狠地插向松井浩三的小腹,松井浩三防备不及,被插得尖叫一声仰面倒地。3个日本兵的刺刀捅进陆蒙的胸膛,鲜血从他嘴里涌出来:"日本鬼子,老子变厉鬼也得回来杀了你们……"

81. 日本兵抬起陆蒙出去,日本兵弯腰的瞬间,陆蒙抽下一个日本兵肩上挂的手雷,咬下保险铁环,往竹担架上一磕,在日本兵的惊恐叫喊声中手雷爆炸了!

82. 烟尘散去,脸被硝烟熏得黑乎乎的翻译惊叫着:"快救太君!"日本兵扶松井浩三起身,松井浩三抹去脸上的血:"新四军的来袭? 竟然在皇军面前抢走了陆蒙?!"被炸断胳膊的潘虎嚷着:"太君,没有新四军来袭,是陆蒙这小子炸的咱们,可惜了,这小子肠子都炸出来了,没救了。"松井浩三忍着疼痛嚷着:"八嘎! 新四军来袭,把陆蒙劫走了!"潘虎一脸迷惑,嗫嚅着小声道:"太君是不是被炸蒙了,这小子早断气了,这不,半拉上身还在这儿躺着,腿都不知道飞哪儿去了。"松井浩三急了,声嘶力竭地嚷着:"八嘎! 你的早就断气! 陆的被劫走了的干活!"潘虎傻傻地抚着伤臂,十分不解地看着松井浩三和翻译官。松井浩三狡黠的眼睛凝视着两个眼眶黑乎乎地流血的张铁口。

83. 张铁口被丢在街上,他两眼处是焦黑的窟窿,还在使劲地四下看着。左腿被打断，衣裤脏兮兮的还有血痕。张铁口拄着一根拐杖支撑着身子，提着一根竹棍探路，吃力地走过墙拐角来到街上，街上忙碌的人们向他投来同情的目光。

84. 一个老夫人递给他一碗稀粥，张铁口顾不上接筷子，丢下竹棍摸索着接过碗一口喝下大半碗。一个曾被日军抓去的挑夫肩上扁担一头系着挑索，看到张铁口，上前一把抢过粥碗："你帮着鬼子算计新四军，这粥喂狗也不能给你！"粥被泼到地上。张铁口顾不上和他争辩，连忙趴在地上摸索着和几只鸡争抢着地上的米粒，和着泥土吃下。

85. 天下大雨，山路泥泞。被饥饿伤痛煎熬的张铁口在风雨交加的小路上前行。探路的竹棍插进泥里拔不出来，他抹去脸上的雨水一使劲，竹棍拔脱了，他向后一闪，险些摔倒，急忙向前，因为使劲过大，一个跟头栽倒在泥水里挣扎起不来。

86. 两个戴着草帽、披着蓑衣的特务在不远处跟踪张铁口。他们不堪忍受大雨和泥泞的山路，一个特务道："这瞎子根本就不是新四军，没有人管他，几天就得饿死，我们干脆回去交差算了。"另一个道："要回去也得把他弄死，不然的话，万一这老小子活了再出现，咱俩就对不上茬儿了。"

87. 山路上。新四军侦察队长吴戈和那个曾化装成挑柴老汉的赵有粮过来了。赵有粮："这老道至少是有良心的，他故意告诉我鬼子的出发时间、征讨地点和路线，要不然咱们就来不及设伏了。"

88. 躲在草丛里的特务听到了，那个头儿乐了："发财的机会到了，咱俩趁他们还没找到张铁口，先把他藏起来，然后咱们救了他，记住了，咱们是'新四军'救了他，再骗他说出咋能联系上新四军，太君还不得重赏咱们？"另一个说："那可不行！咱们是监视他咋和新四军联系上的，咱们扮成新四军，又当巫婆又扮鬼，到时候联系不上真的新四军，咋办？"

89. 吴戈和赵有粮发现了张铁口，从泥水中将张铁口扶起来。吴戈四下看看，抹去脸上的雨水将驳壳枪插到腰间，要去背张铁口。赵有粮抢过去背起来，草帽掉进泥水里。吴戈捡起来抖抖水，举着给他俩挡雨。三人艰难前行，蹚起的泥水溅了路旁草丛里两个专心听他们说话的特务一脸。一个抹去泥浆拔枪刚想起身发怒，被另一个用手捂住嘴。

90. 草房里，赵有粮帮张铁口擦洗脸上和手上的泥水。吴戈道："张先生，你帮过游击队，游击队不会忘记你的，参谋长让我们一定找到你。如今，你被鬼子折磨成这样，参谋长让我们接你去茅山根据地养伤。"张铁口两只手比画着："松井浩三不会轻易放过我的，我行动困难，要是被鬼子跟上，会顺藤摸瓜找到你们的秘密营地。谢谢新四军，我还是不去了。"吴戈十分难过："先生，你为了抗日受苦了。"说着泪水滴落在张铁口的手背上。张铁口苦笑一声："唉！世上帮人摇卦算命的大多数是瞎子，我家辈辈祖传神课，却不敢坐摊儿算卦，算准了也只敢说八成，就怕应了'窥视天机，擅改人运，必失阳目，否则丧命'的祖训。没想到这阴差阳错的还是失了招子。"张铁口嗟叹不已。吴戈宽慰他："你的眼睛奉献给抗日的伟大事业，你的心更亮了。"

91. 松井浩三队部。两个特务报告："张铁口被两个人救走了，一个是沙溪村的苦力赵老头儿，一个年轻的身手不错，他们将张铁口送到麦子圩镇上挑夫行当的头儿徐铁肩家了。"松井浩三："他们几个都是新四军游击队的干活？"特务头儿："那个年轻的肯定是，徐铁肩和赵老头儿顶多是抗日积极分子。"听到"抗日"，松井浩三怒了："八嘎！"

92. 新四军江北支队指挥部。侦察队长吴戈汇报："七分队的陆蒙受伤被俘，张铁口为救他宁可双眼被鬼子烙瞎。张铁口说陆蒙拉响手雷和敌人同归于尽了。可是，我们的内线同志报告，有一个重伤被俘的人在日本人的医院接受手术治疗。眼线报告，曹翻译官说这个人就是陆蒙，不知真假。"参谋长笑了："好嘛！他松井浩三要和我们玩个'反间计'，还有'借尸还魂'，可老子就是要打这个东洋虎，要是头蠢猪，斗起来没得意思喽，让他放马过来嘛！"情报处长和吴戈都笑了。

93. 山岭上，桂树随风飘着香气。山路上吴戈送小姑娘去沙溪镇。"吴叔叔，张先生拒绝我照顾他，都三四次了，这回能行吗？"吴戈道："只要告诉他，你们暂时不会有危险，他就会接受你了。记住了，照顾好先生就是抗日，就是在为奶奶报仇。"小姑娘清澈的大眼睛里透出报仇的渴望。

94. 沙溪镇张铁口家。小姑娘熟练地往褡裢里放置铜砚纸笔，收拾着要和张铁口出门，一个脑袋和胳膊上裹着绷带的英武青年来了："张先生！我是陆蒙，陆蒙啊！你，你没听出来？"张铁口瞎眼看着前面，并不在意"陆蒙"在他眼前摆手，也没有什么反应。自顾自说："人们都说盲人耳聪，那些人是自幼失明，老夫是中年才突遭横祸满目漆黑，岂能听得出来谁的声音？"那青年有些不悦，又装出笑脸："张先生忘了，你在松井浩三面前舍了双眼救我，我借机抢了手雷丢出去，炸死那些狗日的！要不是先生和松井浩三站在一处，我早将那个恶贯满盈的恶鬼杀了！"

95. 小姑娘高兴了："陆叔叔，你一定是新四军！""陆蒙"傲然答应着，并不谦虚。张铁口沉默片刻说："我眼虽瞎，我心更明。你是谁？你到底是谁？"那人道："新四军江北支队侦察员陆蒙，如假包换。"小姑娘上前扑到他怀里，他嫌小姑娘身上太脏，本能地推了推，又捏着鼻子把她搂了一下。张铁口木然不语。

96. 桌上几盘青菜，三碗糙米饭。"陆蒙"和张铁口、小姑娘一起吃饭。"陆蒙"吃糙米难以下咽，看着张铁口和小姑娘大口扒饭，他试着吃了一口："怎么这么苦！这里面掺着野菜？"小姑娘道："陆叔叔，小吴叔叔说你们在山里有时候连一粒盐都没有，清水煮野菜，咱家的饭是不是比你们的强多了？""陆蒙"只好连扒几口，费劲地咽下。恨这瞎子在试探他，皱着眉头勉强吃下，咳了起来。小姑娘连忙给他倒上农家粗茶，他喝了一口，浓酽苦涩，忍不住吐出来。

97. 桌上只剩下"陆蒙"的大半碗饭和留给他的半盘青菜。桌角上还有"陆蒙"吐出来的菜梗残叶。小姑娘也对他有了怀疑，警惕地拿着竹帚扫地，眼睛却看着竹篱墙角的一把柴刀。

98. "陆蒙"虔诚万分："先生，我骗过鬼子来找您，一是想当面谢先生为了救我，宁可舍去双眼，大恩大德，天高地厚，我一定要报答先生。二是我有紧急情报需要送到新四军江北支队指挥部，鬼子要在明天晚上夜袭新四军七分队驻地横沟村，出动3个大队，还有皇协军3个旅，封锁所有的路口，情况紧急，再晚了鬼子的包围圈就形成了。你就是再怀疑我，也不能眼看着咱们的队伍有危险吧？"小姑娘有些动容，上前道："你把情报交……"张铁口笑了："哈哈哈！你就这么信任老瞎子和小姑娘？"

99. "陆蒙"见张铁口谨慎，小姑娘却好骗，手伸进怀里掏枪，想逼着小姑娘就范。张铁口早猜出他的心思，起身挡在小姑娘前面："啊，咱姑且就叫你陆先生，反正姓啥对你来说也不重要，有的人连祖宗都不认，何况这姓氏。你不用打小姑娘的主意，她哪能知道新四军的联络点和秘密营地，何况咱也没听说过横沟村那儿有新四军啊，鬼子要去，就让他们瞎跑，扑个空岂不更好？"说着他拉过小姑娘，在她手心里画着什么。

100. "陆蒙"急了，掏出手枪："你连新四军都不肯救，我看你就是个汉奸，信不信老子毙了你！"小姑娘吓了一跳，张铁口把小姑娘挡在身后："露馅儿了吧？新四军咋会拿枪对着老百姓？你到底是什么人？"

101. 两个新四军打扮的人闯进来："把枪放下，陆蒙，你怎么犯浑了？不知道这么做是违反群众纪律？"一个人扶着张铁口坐到凳子上,从长相上能看得出来,他是特务队长白康。白康:"张先生,让你受惊了,陆蒙被鬼子关傻了,才越狱出来没几天,一时心急冒犯您了,等回去我批评他。"

102. 小姑娘高兴了:"新四军叔叔,可找到你们了,这个陆蒙到底是真是假?"张铁口淡然一笑:"陆蒙,你找的新四军来了,你直接把情报告诉他们吧。"白康道:"我们在茶树村突围的时候被鬼子冲散了才找到这儿,和大部队失去了联系,您快帮帮我们吧。"小姑娘起身拿过竹棍递给张铁口:"先生?"

103. 张铁口示意小姑娘倒茶。小姑娘急得直跺脚。"陆蒙"抓耳挠腮的脸上直冒汗。白康示意"陆蒙"急不得。众人沉默一会儿,小姑娘灵机一动:"先生人送绰号'活神仙',既然你们都说自己是真的新四军,敢不敢让先生算一算?"

104. 白康:"鄙人白康,早就听说先生神机妙算,江南第一,兄弟我冒昧求一卦……"小姑娘嘴快:"先生早上就说桂树枝上鸦噪不休,必有人上门来。"张铁口应付地笑笑:"什么铁口知天下,妙算晓天机,那都是传言,岂可当真?老夫不过是按先祖所传、照卦象所示胡说一番就是了。偶尔碰巧对了,也是幸运,是祖师爷赏口饭吃。""陆蒙"和另一个"新四军"焦躁不安地看着张铁口。白康:"不然,兄弟只想向先生求卦解疑。"小姑娘早熟知张铁口算命习惯:"找先生求卦不必说明问啥,只需写一字或说一物,如果先生算得不准,即刻按卦金价格付给客人卦钱。"张铁口抚髯苦笑不语。

105. 小姑娘从褡裢里取出铜砚和纸笔，白康沉思，"陆蒙"和那个"新四军"小声议论着："写个'真'字？要不然就写个'新'字。""不对，不对，还是写个皇军的'皇'字。"白康："我就偏写个老虎的'虎'字。"小姑娘递过黄纸和镇尺，白康写着，"陆蒙"和另一个"新四军"并不会用镇尺，手按着黄纸一边儿，那个"新四军"用镇尺挠后背痒痒。

106. 张铁口笑笑不语。沉默给了"陆蒙"三人巨大压力，张铁口那黑黑的眼窝儿似乎早就看透了世间一切。他们却面面相觑，汗珠滚落。白康急了："先生但请明言，君子问祸不问福，您尽可直说卦上所示，我这儿有新四军缴获鬼子的金票为卦金，还请先生务必指点迷津。"

107. 张铁口理着须髯道："纸上虎，先生刚得皮毛，虽然能暂借虎威，眼下似乎也有进益，只是这虎下面的'几'字似乎有些……这昭示着你会有几种可能。这一是说明你假虎为势，皮之所立，骨撑才挺，骨断之时，皮必失势。二是如果你为虎谋皮，认祖归宗尚有可为，只可惜你不会这样选择啊！三是如果你狐假虎威，猛虎在饥饿之时必拿你当点心。"

108. 白康脖子上青筋直跳："老匹夫！你敢讥讽我？"说着一脚踢倒长条板凳，拔出王八盒子对着张铁口。"丁队长！小吴叔叔！你们可来了！"小姑娘一声呼叫。白康三人一惊，掏出枪看着门外。

109. "陆蒙"四下打量没有动静，他很快调整过来：

"行啦，白科长，你也试探过了，张先生真的是咱们新四军的人。"白康："张先生，吓着你了，我是江北支队侦察科长白康，鬼子狡猾，好在咱们都没放松警惕。"张铁口似为之动容，颤抖的手拉着"陆蒙"的手，仔细摸着一个一个指头，"陆蒙"也不躲闪，张铁口摸到他右手的无名指，颤抖着停顿下来。

110.（闪回）陆蒙磕响手雷和鬼子同归于尽的瞬间。轰的一声爆炸，陆蒙手指被炸断，断指飞到张铁口脸上。他的手颤抖着将断指慢慢拿下来……这是一节无名指。（闪回完）张铁口在"陆蒙"完好无缺的无名指上摸索着。

111. 风吹着竹门帘飘动，桌上的铜砚台压着一沓日本金票。小姑娘："先生，他们是新四军？！您为啥……"张铁口笑而不答。小姑娘："咱们是不是联系……"张铁口截住话，声色俱厉地嚷着："我让你背诵的《梅花易数》，你背了吗？要是戌时还没背会，就别吃晚饭，把你养活大了总得学点儿手艺，要是我哪天归西了，你总得自己谋生，背不下来我得拿皮鞭子抽你！"小姑娘愕然片刻，眼睛里含着泪水，拿起那本泛黄的线装书《梅花易数》背起来。

112. 化装成收茶叶挑夫的新四军侦察员赵有粮来了："张先生，眼睛恢复得咋样了？能不能……"张铁口截住话头："来人不必多言，我眼睛虽瞎，依然能掐来神课。你是不是来问赊出去的茶钱能不能收回来？"赵有粮十分机警，坐在张铁口对面："哈哈哈！人说张铁口失明更通幽，安危信口占，富贵随手掐，俺就测个字。"张铁口："世人谬传，不必当真。不过，先生不必再测字，刚刚的几句话我已知所问之事。我给你画张符，烧成灰在欠债人家屋檐撒下，包你立马就能要回茶钱。"

113. 小姑娘拿来笔，用铜砚磨墨。张铁口在一张黄纸上写着："隔墙有耳"。然后画的符又将那字巧妙地演化成符箓的篆字笔画。画好符箓的黄纸被丢进一只钵盂里，小姑娘从灶膛里取来一根燃着的竹片，将黄纸点燃，火光在昏暗的屋子里格外耀眼。

114. 白康和一个"新四军"冲进来，抢下钵盂，打翻在地上，里面冒着火星的灰烬撒了一地。赵有粮装成害怕的样子，缩在竹篱墙角小心地："张先生的仙符十分灵验，让你们给弄洒了，再收起来就不全了。"他的手伸向怀里，白康招手，院子里早有七八个穿着新四军军装的人封锁了门窗，枪口对着赵有粮。赵有粮慢慢掏出烟袋锅，拿过纸捻点燃了，蹲在墙角抽了起来。那些人放松下来。

115. 侦察队长吴戈化装成村民来了。小姑娘高兴了："吴叔叔！"张铁口手里竹棍一伸拦住想迎接吴戈的小姑娘，怒了："你不是下竹村的胡涂涂，胡老三吗？才赊几天账就来要春天欠的酒钱？我不是说了秋后一定还你，还带 3 分利钱吗？"吴戈十分机灵，大方地坐在凳子上，一只脚还踏在上面："别老叫人家胡涂涂，我是胡贵福，我家细伢子病了，你酒钱欠了 5 个多月了，不还钱没钱买药，细伢子就得死了！"

116. 白康和"陆蒙"在琢磨："吴叔叔？胡贵福？"两人恶狠狠地打量着吴戈。

117. 张铁口："生死有命，岂是疾病能轻易夺得去？我

148

要是没有这番灾难早还你酒钱了。"吴戈近前轻声道:"有危……"张铁口怒了:"你爹、你爷爷当年都尊我为神仙,你一个毛头小子不讲交情,还追着我要酒钱,不就是细伢子病了吗?我早算好了,他是辰时去南面的栖霞岭摘杨梅,冲撞了山上神灵,犯了太岁必得风寒之疾。是不是又拉又吐还发烧?"吴戈点头。"我给你画张符,烧成灰温水服下,包他立马就好。"

118. 白康和"陆蒙"过来了,抢过画了一半符箓的黄纸。吴戈并不反抗,假装害怕的样子,躲到一旁。赵有粮眼睛示意他,只见竹扁担凹处缠着几颗手榴弹,吴戈示意,不可轻举妄动。

119. 张铁口笑了:"你一个种茶的穷人怕的是啥?这些人是咱们的子弟兵新四军!"吴戈乐了,装得憨憨的:"新四军?你们的卫生员赵秀姑对俺们可好了,谁家有病人她都看,还给洋药吃,可好使了。她是江北支队的,你们一定认识。"白康手里的王八盒子比画着:"啊,认识,认识。"吴戈:"她不是要在中秋节嫁给你们支队的长官,叫啥许副政委当老婆吗?还说要送我们喜酒喝呢。"白康收起王八盒子:"啊,是,是。"吴戈:"这可太好了,你们住哪儿?能不能帮我找找她,给孩子看病。""陆蒙"摆手,那几个新四军撤到后面。"我们还有任务,等我们完成了任务,就让赵医生到你们村里找你。"

120. 张铁口叨叨着又画:"你真幸运,还见过许副政委,听说他老家在四川,和陈长官是老乡呢。"符箓画好了。吴戈:"你们还看看不?别烧完了再想看,弄洒了收

149

不全就不灵了。"白康拿过去看了一会儿,"陆蒙":"老乡,咱们的卫生员没在附近,没法帮你,这符咒是迷信,一堆纸灰咋能治病?"说着从白康手里拿过来交给吴戈。吴戈折几折揣到怀里:"我回家再烧了,别弄洒了还得再来求先生。"他转身出门。白康一挥手,四五个"新四军"悄悄跟上。

121. 松井浩三队部。松井浩三:"八嘎!特务队的七八个人跟不上一个新四军探子?特务队的饭桶!统统的死了死了的!"白康上前:"太君,派人看死张铁口,实行封屯并户保甲制,没有人敢随便流动,新四军就成了聋子瞎子,没办法打探我们的情报。"松井浩三:"吆西!那个假陆蒙也得派出去,三十六计的'反间计'!"

122. 新四军江北支队指挥部。侦察队长吴戈报告:"鬼子实行了十户连保连坐,一家通新四军,十家都会被残忍杀害。交通要道被封锁。靠近鬼子据点的几个秘密联络点都被破坏。能流动算命的张铁口还在鬼子的监视之下,就是想帮我们,也没法送情报。"参谋长笑了:"好嘛!鬼子无非是想利用张铁口,我们正好来个顺手牵羊,想办法把真的传过来,把假的传过去,不正好吗?"

123. 九井镇街口。小姑娘拉着竹棍领着张铁口一路走来,吆喝着算卦。一家米粉店前面,张铁口借着铺面给一个老者测字。纸上写着一个"山"字。张铁口:"山管人丁水管财,你是想问你家儿媳啥时候能生个女娃男丁?"小姑娘对看热闹的老板娘道:"大婶,给碗水喝。"不远处,白康藏在人群中看着张铁口。突然,他似乎发现小姑娘没了，急忙推开人群上前，见小姑娘坐在板凳上摇着腿喝水，不再管她，一甩袖子走了。

124. 张铁口和小姑娘又上路了。白康领着几个人去米粉店一顿盘问搜寻，没有发现什么疑点。急忙带人出了镇子，沿山路追张铁口。老板娘招呼蹲在门旁边吃米粉的徐铁肩："过来坐着吃，真是的，作孽呀，连一个瞎子都不放过。"徐铁肩端着碗过去，坐在小姑娘刚刚坐的凳子上，左右看看没有人注意，一只手往凳子下摸去。

125. 黑夜里。村子后面的山间路上。松井浩三在布置对村里袭击："悄悄地进入，凌晨 1 点开始偷袭，分成 4 路彻底包围，新四军插翅难逃。"特务队长白康布置特务队："各条小路全部控制，人员只准进不许出，凡是出村的人全抓起来。"

126. 天亮了。日军小队长和伪军团长一个个来报告，没有找到新四军。松井浩三看了看疲惫不堪的队伍只好撤回。

127. 狭窄的山路拐弯处，日本兵、伪军只能逐个通过。大队还没走出谷口，前队踏上地雷。半山腰埋伏的新四军一起开火，日军、伪军四处逃窜。松井浩三命人调来炮兵，迫击炮炸响，烟雾之后，新四军撤退了。日本兵、伪军死伤惨重。

128. 松井浩三队部。松井浩三恭恭敬敬地接电话："哈咿！哈咿！"松井浩三放下电话，白康上前："太君，我们在九井村后山腰上集结，进村的 7 个人只有张铁口一人十分可疑，本来想放长线钓大鱼，让他传递我们在竹溪镇还没出发的消息，好麻痹新四军，一定是他嗅到我们的计划，新四军才得以逃脱，还反过来咬我们一口。"松井浩三："假扮陆蒙的当时的干活？"白康："咱们的假陆蒙、乔小队长说……"

129.（闪回）九井村口，张铁口知道假陆蒙跟在后面，到了村口一个茅草屋旁，小姑娘叫了一声："师娘。"进屋里从水缸里舀起一葫芦瓢水递给张铁口。张铁口喝了几大口，招呼不远处躲在树后的假陆蒙："渴极了，不敢喝吧？给陆先生舀一瓢水。"假陆蒙只好悻悻地出来，四下看看，没有人影，抹去额头上的汗水，几口喝下半瓢水。屋子里面出来十几个新四军。假陆蒙慌了，掏出王八盒子，突然头昏脑涨，一头栽倒在地。

130.下弦月挂在半空。日军和伪军悄悄进村，村里空荡荡的没有人。日本兵踹开门，伪军用刺刀挑柴垛，什么都没发现。一个日本兵险些被绊倒才发现昏睡不醒的假陆蒙。（闪回完）

131.松井浩三队部。松井浩三愤怒极了："八嘎！陆蒙的死了死了的有！"一个传令兵进来递给松井浩三一封电报。松井浩三像泄了气的皮球瘫坐在椅子上，眼睛盯着那份电报。翻译念着："司令官训示，不消灭这股新四军，统统的军法处置！"白康上前小心地："太君，不如采取非常的办法，逼张铁口就范，让他明面上还是新四军的情报员，可心里必须为皇军服务。"松井浩三感兴趣了："哪呢？！"白康："先从他大徒弟下手，只要他大徒弟和皇军一条心了，张铁口画啥仙符鬼篆，咱都能识别。"松井浩三："吆西！大大的好。"

132. 竹溪镇。张铁口家。吴戈和赵有粮来了，给张夫人一袋米。赵有粮："大嫂，张先生为了抗日四处奔走，苦了你和孩子了。"张铁口6岁的儿子百琲怯生生地站在门框旁看着他们。张夫人拉过孩子："你长大了不是要参加新四军吗？他们就是新四军叔叔。"吴戈抱起百琲，百琲摸着他挎的木壳驳壳枪。吴戈："大嫂，我这次来是想接你和孩子去根据地，张大哥帮助新四军，怕万一被鬼子汉奸发现了，你们会有危险。"

133. 百琲高兴了："吴叔叔，我跟你走，去打鬼子！"吴戈："好孩子，有志气！"百琲："我虽小，可我会打拳，我家祖传的七十二路神拳可厉害了！"说着有模有样地打了起来。

134. 张夫人："吴兄弟，俺知道咱队伍的好意，可是，俺不能走，百琲的奶奶瘫痪在床得有人照顾，还有3亩水田得俺操持着，要是一大家人都去了，会给咱队伍添麻烦的。"吴戈还想劝劝。张夫人："放心，吴兄弟，俺在这儿，也许还能为队伍传个信啥的。"吴戈摇摇头，只好拿出一枚手榴弹，教她："大嫂，要是遇到危险，拧开盖，拉出弦儿……"

135. 白康的队部。几个特务抓来一个30多岁，拿着阴阳鱼算卦招牌的人，这人走路有点儿瘸。白康："你是张铁口的门生？"算卦人："鄙人姓王，是恩师的大徒弟，不知长官找我有啥要问？我8岁随恩师学艺，20岁出师行走江湖，走遍江南各地，人称'王半仙'，虽然比恩师还差一半呢，可也能算个八九不离十，无论是阳居阴宅还是……"
白康不让他再啰唆："得得得，你别在这卖狗皮膏药瞎吹
牛，春天你给溧河镇冯掌柜算的桐油买卖利好，结果却让
他亏了个血本无归，你让人家打得腿现在还瘸呢，还在这
儿瞎吹！"大徒弟："那是偶然失手，加上他家人偷偷换了
蓍草，我没能及时察觉，有辱恩师名声，惭愧，惭愧。"

136. 白康将一份通缉令丢到桌上："张铁口犯了欺骗
皇军的重罪，必须将他，还有他的徒子徒孙全部按私通新
四军罪诛杀！"大徒弟："恩师一心只为人解除忧患，从来
不……"白康："皇军夜袭九井村，被人泄密，根子就在你
的师傅。你说，要死要活？"几个特务上前，将大徒弟揪
起来。白康："拉出去枪毙！"

137. 白康在屋里听着，屋外传来大徒弟哀求的号叫声。
白康暗笑，摆手，大徒弟被带回来："想活？你必须暗中加
入皇军特务队，把张铁口用符箓传递的消息翻译出来，报
告给皇军。"大徒弟："不行啊！不是我不干，是师父还没
教过我咋画，不会咋猜？"白康急了："我看你是不见棺材
不落泪。"

138. 大徒弟家。他的媳妇湘娣正在晒茶，他娘在屋里
做针线活。小徒弟来了："嫂子，大师兄呢？"湘娣："出
门算卦还没回来，你可有日子没来，饿了吧？等着，嫂子
给你做饭吃。"小徒弟急了："小师妹传师父的话，让你们
快走，离开这儿，鬼子会来抓人。"有人使劲敲院门！

139. 门外，假陆蒙带着汉奸来了，叫嚷着开门。

140. 湘娣："兄弟你快走，去找新四军，他们是冲我

154

家人来的，你在这儿有危险。"湘娣推小师弟走，小师弟不肯，撕扯间，汉奸们踹开门进来！湘娣将小师弟推进里屋，她死命拦在门前。特务上前将她拉开，推到假陆蒙面前，进里屋搜查。假陆蒙："你就是王半仙的老婆？给老子带走！"一汉奸："屋里只有一个老太婆。"假陆蒙："那一定是王半仙的老娘，全部带走！"

141.特务队队部。大徒弟的老婆湘娣被带来了。一进门看到大徒弟，哭叫着："半仙啊，你咋没给咱家算算？你才出门几天，就祸从天降，这些土匪把俺和娘都抓来了，你快想法救咱娘回家！"白康瞪着大徒弟，大徒弟焦急地想去拉老婆，被特务按住。白康："你不想和皇军合作？"大徒弟："恩师教诲，绝不为鬼子卖命。"白康火了："兄弟们，那就先好好照顾王半仙的婆娘！"

142.大徒弟的老婆被带到外屋，传来求救的叫喊声。大徒弟："湘娣！湘娣！"又转过身来求白康："队长，我求求你了，放了我老婆，放了她！不是我不干，那符箓分为九九八十一类，三百六十个变化为周天之数，岂是一时半会儿能学明白的？"白康不理他，点支烟吐着烟圈儿。屋外，大徒弟老婆撕心裂肺地号叫。大徒弟："队长！队长！！我和你们合作，求你放了我老婆。"湘娣被拖进来，大徒弟扑过去，两人搂在一起痛哭失声。

143.一张张符箓放在桌上，大徒弟辨认了一会儿，假陆蒙过来指点道："这是皇军夜袭九井村之前那几天，从张铁口手中传出去的符箓，你看出来什么秘密了吗？"大徒弟："他这是天书，谁要是能看懂，不就成神仙了？"假陆蒙："你不说实话，还想不想活？"大徒弟傻了："这些我认得，我全认得，可是这里面还藏着啥引申的意思，我可就不清楚了。"

144. 假陆蒙将一沓黄纸画的符箓放到松井浩三面前："张铁口的大徒弟王半仙说了，这一张是驱邪祟的，这一张是镇蛇妖的，这一张是控制恶鬼的，这带朱砂的红符是防妖狐的，这张是镇……"松井浩三："八嘎！这些是表面的，识得没用，要弄清楚的是透过这些符箓传递给新四军的是什么意思，这个王半仙要么不清楚，要么不是真心地和皇军合作。"假陆蒙："杀了算了？"松井浩三："不，不不，先从张铁口身上想办法，他要是改变，徒弟自然跟着变了。我们和新四军玩玩'反间计'，**（指了指脑袋）**我要和新四军比一比谁的智慧更强！他的要是不改变，我们的利用他，你们的《三国演义》里的计谋，叫啥'蒋干盗书'。"假陆蒙露出献媚恭维的眼神，看着得意自负的松井浩三。

145. 竹林镇张铁口家。白康和假陆蒙带着大徒弟来了。假陆蒙推搡着大徒弟上前。大徒弟："师母，这是师父新收的两位徒弟，一个叫白康，另一个叫白富。师父请您去缚仙岭，有一个信徒在那给师父买了一座好房子，请您去安家，怕您不信，他说，说，说是三十……"假陆蒙将他推开："师母，初次相见，小徒有礼了。"大徒弟手指比画"三"，又比画"九"，师母心声的画外音："莫非是第三十九卦，大凶之事？"白康将大徒弟推到身后，又觉得大徒弟在后不合情理，又将大徒弟推到前面，手枪抵着他的后腰。

146. 张夫人搂着儿子坐在桌旁。白康："师母，师父让我们接您去缚仙岭，说了半天你还是不信？这是师父从不离身的念珠，有这物件儿为证，你总该信了吧？"一串被盘得锃亮的念珠递到张夫人手里。张夫人看也不看，扬手掷到桌上。"我家先生的念珠是八十一颗，数为太上老君八十一化，这根本不是先生的念珠！"

147. 白康、假陆蒙都蒙了。白康恶狠狠地瞪着大徒弟，显然是他让拿的这串念珠。"你们以为拿个一百〇八颗珠链就能唬人？珠子越多越好？不懂的人才会这么想。我家先生从来自谦，咋会用这个数的念珠？再说了，先生的念珠是黑曜石的，咱道家念珠黑白分明，如同阴阳鱼一般，岂能同佛家珠链一样，都是一个颜色？如果先生要我去，一定会亲自来接，更不会去啥缚仙岭，那里是鬼子的营地，中国的神仙谁会去那儿？"

148. 白康上前，拿出一沓日本人的票子："这些钱是先生赚的，要不是他给你的，谁肯把这么多钱白给别人？"假陆蒙趁夫人推辞不要的工夫，劈手抢过她身边的儿子百琲。"不愧是神仙的媳妇，啥都能猜到，那咱就打开天窗说亮话，我们是皇协军特务队的，太君说了，只要你能说服张铁口为皇军服务，表面上继续给新四军当探子，当然必须得真心为皇军送情报，如果这样，你的儿子就能活着，否则……"他手上使劲掐孩子屁股，孩子张着双手痛苦地哭叫起来。

149. 竹溪镇张铁口的铺子里。张夫人病倒在床上。小姑娘端过来一碗粥："师娘，还是先吃饭吧，先生是张天师嫡传弟子，一定有斩妖除魔的办法，救回百琲。"张夫人拿着儿子的拨浪鼓，垂泪不语。

150. 松井浩三队部。假陆蒙拉着张铁口的儿子百琲。松井浩三对张铁口嚷了半天，翻译道："太君说了，你可以两面当奸细，一边继续给新四军送情报，一边向皇军报告，这样你的儿子、老婆才有命在。"张铁口不动声色。被特务拉住的张夫人担忧地看着儿子。

151. 松井浩三摆手，假陆蒙把孩子抱到松井浩三和张铁口面前。孩子眼睛里喷着怒火："爹！我不怕死，咱们不能当汉奸！"假陆蒙撅孩子的手指，几乎要撅断。孩子眼里含泪就是不哭出声来。松井浩三阴险地笑了。"啪"！张铁口和夫人吓得一哆嗦。松井浩三："一下子手指断了，你张铁口即便是真神仙也接不上了。怕你后悔，咱们还是等你3天。"他摆手，假陆蒙放开，孩子疼得泪如雨下。翻译："太君说了，3天之后，你要是不答应，就把你儿子的手指一根根剁下丢到山上喂狼，再把他炖了喂狼狗！"

152. 张铁口冷笑："大日本皇军被新四军打怕了？竟然连小孩都不放过。简直把你们的武士道精神丢尽了。"松井浩三怒了："八嘎！死了死了的！"但还是把抽出鞘的战刀收回。

153. 新四军江北支队指挥部。吴戈汇报："张铁口宁死不屈，可他要是牺牲了，还会搭上老婆和孩子。残暴的鬼子啥灭绝人性的事都干得出来。"参谋长："鬼子要利用张铁口和我们斗法？真有点意思嗖！"

154. 监狱。张铁口和儿子隔着铁栅栏，张铁口心疼地摸着儿子几乎被折断的手指。小姑娘来了，拿出篮子里的菜饭，还有一壶酒，斟上一盅酒："先生，这是前天在竹溪镇那位您给算随卦的好心人送的，人家记着您的好，还让您一定得保护好孩琲。"

155. 隔墙偷听的白康恶狠狠地对大徒弟道："这是你保住狗命的机会，说！随卦是咋回事？"大徒弟道："随卦是六十四卦里的第十七卦，这一卦是如果随和，随从……"白康："哪个'好心人'？"假陆蒙："'心'是'新'的谐音，这不明明在说，酒是新四军送的，新四军让他保护孩子？太君英明！新四军还是上钩了！这是派人来联系张铁口！"白康咧着嘴乐了。

156. 竹溪镇。白康和假陆蒙领着几个人在给张铁口的店铺门框上挂对联。对联用精致的木板做成，漆得十分漂亮。上联是：天闻若雷，了然今生前世；下联是：神目如电，看穿仙界凡间。横批：指点迷津。张铁口穿着新马褂，戴着墨镜坐在桌案前。

157. 大徒弟进来见左右没人，对张铁口解释："师父，我，我婆娘险些被辱，我才不得不和他们虚与委蛇，我可没干出卖良心的事，您还认我这个徒弟吗？"张铁口："离地三尺有神灵，这可是真的！你入我师门发过誓，（**张铁口摇摇头**）唉！在不在师门不重要，重要的是得有中国人的良心！"假陆蒙过来了："恭喜张大师，你们师徒如今共同为皇军效力了，真是太好了，你的爱徒已把那些符箓的秘密都报告给太君了。"张铁口默然无语。大徒弟惶恐不安地看着师父的脸。

158. 门外看热闹的人们指指点点，一些人想进又犹豫不决。小姑娘在招揽生意："来一来，算一算，铁口张神仙，大名震南天，算不准，倒贴钱……"

159. 天近中午，没有人来，生意冷清。假陆蒙和白康从楼上下来，坐在张铁口对面。假陆蒙："如今，咱们都在为皇军效力，趁着清静，你能不能告诉我，你的眼睛都看不见了，咋知道我不是你舍了双眼救下的新四军侦察员陆蒙？"大徒弟缩在一边听着。

160. 张铁口笑了："神仙嘛！招子没了，心却更亮，看不到凡人眼里能看到的事，却能看到凡人眼里看不到的事，更能看得出身后事。"白康："张铁口，你一个江湖上混饭吃的牛鼻子老道，少跟老子显摆，你老婆孩子还在宪兵队呢，要是不真心为皇军办成几件事来证明你的忠心，有你后悔的！"

161. 新四军江北支队指挥部。参谋长向侦察队长吴戈下达命令："在保证张先生安全的前提下，尽可能发挥他的作用。"吴戈："是！参谋长，这是张先生的小徒弟，先生派他来，一旦张先生用符箓传递信息，他这个关门徒弟都能辨识明白。"参谋长乐了："好嘛！这可是世界战争史上前无古人的情报传递方式！"

162. 张铁口扶着小姑娘的肩膀，拿起算卦招牌要出门。假陆蒙拦住："昨天让你去给潘大队长算命，你还以为是真的？那是故意让你听到，皇军后天晚上要奇袭颜圩村新四军驻地，必须按你们的规矩，把这个消息送出去。"张铁口："俺们游方算卦为人消灾，挣个小钱儿，就是算不准也送人个吉祥祝福，咱和新四军从来没交往，你让我们爷俩儿上哪儿去找新四军？"

163. 白康抡起马鞭要打，假陆蒙上前拦住："松井浩三太君让我告诉你，他十分崇尚易经八卦，天天听你大徒弟讲《周易》的神奇妙处，昨晚上讲的是……（**故意拉长声说得很慢**）周文王食子传说。太君也想试试，你张铁口不是人送绰号张神仙吗？这事儿要是发生在你身上，能不能算得出来？"白康得意地乐了："怕了？不过，太君说了，只要你真心帮助皇军，他还不想这样做，毕竟你的儿子还是个稚嫩可爱的孩子。"张铁口愤怒得黑洞洞的眼眶要喷出火来，牙齿咬得咯咯直响。

164. 张铁口将一张符箓画好，命大徒弟送出去。小姑娘开门出去看，街上的人们都在各自忙碌，没有特务注意这里。小姑娘进屋："先生，坤上乾下（泰卦）。"张铁口谨慎地摇了摇头，大徒弟放下那张符箓，小姑娘按张铁口的手势，把那张符箓点燃丢到铜盆里。

165. 大徒弟早已准备好了，装成挑夫的模样。阴阳鱼算卦招牌倚在墙上。出了门，刚转过街口，白康带着几个特务截住他。白康一伸手："张铁口让你送的东西呢？和新四军在哪接头？"大徒弟："师父让我去竹林镇看看师娘。"解开腰带，丢下扁担绳索，脱下鞋子，光脚让他们搜查。一个特务报告白康："啥都没有。"大徒弟系上腰带要走，被白康叫住，从一个特务身上拔出匕首刺向他的草帽，将帽子割碎了也没搜出来任何东西，只好押着他往回走。

166. 张铁口的店铺。白康押着大徒弟回到店里。张铁口正在教小姑娘画一张符箓。白康："牛鼻子老道，少跟咱装神弄鬼，你要是真能，你就来个奇门遁甲，从咱眼前立马消失，去找新四军，也让咱开开眼，真的亲眼见识一把神仙白日飞升。要是那样咱就信你，跟着你走，再不跟皇军混了，你有那本事吗？"张铁口并不理他，继续教小姑娘画符箓。白康："你还想用这些符箓传递啥消息？铺子里任何人不得出入！"

167. 白康一招手，一特务上前，将笔和墨、砚台都夺去丢在地上。"张铁口，你不交代出咋和新四军联系，老子让你啥符都画不成，啥都送不出去，看你咋告诉新四军。眼下新四军正按照你先前送出的情报去茅山岭劫弹药，皇军已设下圈套，今晚就把他们一举歼灭！"张铁口平静地在桌上摸索着，拿过特务落在桌上的一管笔，在笔洗里蘸上清水在黄纸上随意画着，并不理他。大徒弟上前："师父，我，我太笨了，可咱们的……"假陆蒙拦着不让他说话，他急得蹲在墙角哭了起来。

168. 特务队部。白康骂假陆蒙："让你装个新四军都不像，还能干啥？亏得我在太君面前为你说好话，再有差错，你队副当不成事小，你可得小心，太君会亲手宰了你。"假陆蒙惶恐地："张铁口虽然不是神仙下凡，他的智慧可不是凡人能斗得过的，也许他鼻子能闻出气味来，我和真的陆蒙不是一个味儿？"白康讥笑他："没本事还怨人家能耐大。"

169. 一个身材窈窕的女子进来，她指着假陆蒙骂道："杀千刀的！你还有闲心在这儿瞎忙，干这让人指着脊梁骨骂的差事，成天的不着家，有啥好的？"假陆蒙正窝气呢，朝她吼道："臭娘们！我在给皇军当差呢！再乱说，信不信我揍你。"白康淫笑着过来："哟！这就是人称'米粉西施'的弟妹？真的名不虚传哪，有这样的老婆发发雌威让人受着也舒坦啊！"说着亲自倒了一杯水递过去。女子根本不理他，一挥手杯里的水泼出一半。白康讪讪地咬着牙，恨恨地出去了。女子唾了一口："这个乌烟瘴气的地方，以为谁愿意来呀，你爹病了，鬼子封锁道路不让进镇子，没法子请医生，你管不管？"假陆蒙："我管！我也得离得开呀，皇军马上要伏击新四军，怕走漏消息不准请假。"

170. 白康凑过来："啊，老爷子病了？没事，这里有我呢，你骑上摩托车先去看看老人家。小六子！你们俩套上车去镇里请卢大夫，拉上嫂夫人，来回好省点工夫！"守在门口的伪军小六子答应着去套车。

171. 假陆蒙十分感激，出门发动摩托车要走，女子追过来："杀千刀的，别把我留这儿！我和你一起走。"白康："兄弟担心老爷子病情，让他先走，你要一起走了，请的大夫来了没人带路咋办？"假陆蒙甩开老婆，骑摩托车走了。

172. 小六子进来："队长，车套好了，嫂夫人请吧。"白康拦住："你们去接大夫，顺便叫聚仙楼送几个小菜，乔队副天天为皇军效力，你们还不趁这个工夫慰问慰问嫂子？"女子察觉到不对，低着头急着要往外走。白康上前拦着，被她推开，急忙往外走。

173. 松井浩三迎面进来了，堵个正着："花姑娘！大大的好！"女子紧张万分地揪紧自己的衣领往后退，身后里屋门开着，她被松井浩三逼着只好退到里屋。松井浩三淫笑着解开衣扣。女人抓起桌上的茶壶丢过去："别过来！放我回去！"松井浩三躲过茶壶，茶壶摔碎在地上。松井浩三："吆西！真的美人！"女子惨叫着被扑倒。

174. 假陆蒙骑着马跑回来了，白康连忙出门截住他："小六子去接大夫的车出去半天了，你咋回来了？"假陆蒙："别提了，摩托车没跑出几里地就没油了，从巡逻队借了一匹马刚要走，才想起来忘了问我爹是在我家，还是在大哥家。"一边说一边往里面闯。白康死死拦住他："你媳妇坐大车上镇里接大夫了，你还不快赶过去。"假陆蒙："我碰到小六子了，他说要去聚仙楼。"

175. 两人拉扯间，松井浩三心满意足地出来了。嚷着："花姑娘大大的好！"左手抚着右手被抓伤的地方。见了假陆蒙，急忙系上裤带，把上衣襟掖进裤子里面。假陆蒙愣了，不知所措。

176. 松井浩三听到里屋响动，关上门倚在门上。屋里传出女人的哭泣和叫喊声。假陆蒙急了，冲上前抓住松井浩三，又被松井浩三的淫威吓住不敢动手。白康急忙上前拦住他。松井浩三挣开他，不屑地哼了一声，走了。

177. 假陆蒙哭叫着："荔枝……"他的妻子赤身裸体跑出来，猛地推开他，嚷着："报仇……"出门飞跑到桥头，正要纵身跃下，鬼子哨兵的枪响了，她中弹掉进河里。

178. 队部。松井浩三给假陆蒙一沓钱："你的女人大大的好，她的不幸，我的很抱歉。"说着一鞠躬。假陆蒙羞愤不已，却不敢说什么。

179. 松井浩三昂着头走了，假陆蒙丢下一沓钱，抓住

164

白康的衣领怒不可遏："是不是你告诉松井浩三，害死我老婆！"假陆蒙挥拳猛砸白康，被白康反手打倒在地。白康抹了一下嘴边的血丝，恨恨道："你老婆漂亮，太君看中了。那是你的福分！小样儿！长本事了，敢和老子动手了。老子捏死你，还不像弄死只臭虫！"假陆蒙躺倒在地上吐着血水，露出不甘的眼神。

180. 张铁口铺子前面围了一些人看热闹。没有人敢进来算卦。有一个老人拨开众人进来问卦："先生，有一事求教。"没等张铁口画符，笔墨全被白康收走："想用符箓给新四军传递消息？休想！"张铁口平静地从地上捡起一支断笔，在笔洗里蘸上清水在黄纸上随意画着，淡然道："客人不必多言，笔墨不全，请口占一字即可。"

181. 老人略一思索："月亮的'月'字。"张铁口并不拆字解读："今天是九月二十六，是残月！雷山小过，这卦象。你问的事，是这个买卖做还是不做？"老者道："这么大的买卖怕利大风险也大，让人拿不定主意。"白康打断："不准和牛鼻子老道说事儿，让他测，才能看出来到底有没有本事！"张铁口十分平静："此乃坎卦！大凶无解！"老者连忙求解。张铁口苦笑一声："有笔无墨咋能画符？"

182. 那个特务没看懂白康不准给张铁口文房四宝的手势，将墨砚丢到案上，砚池里黑水溅到桌上。白康瞪了他一眼，将张铁口手中的断笔抢下，将桌子一头笔架上的七八支笔全部抢下折断，丢到地上。小姑娘去抢，白康使劲用脚踩烂。小姑娘无奈地叫着："先生！"小姑娘要去柜上

165

取笔，白康不准："画符含秘密，好传给新四军？"

183. 张铁口摸索着拿过砚台，将剩余的墨水倒入笔洗里混成淡墨。白康冷冷地看着。张铁口冷笑一声，把笔洗里的淡墨一口喝下含在嘴里，拿起那张画了半天上面有笔画水渍的黄纸，噗地一喷，随着黄纸上的湿渍与干处吸墨不同，多余的墨水流下，自然形成了一幅符箓图案。白康抢了要扯，老者急了，一头撞去："你敢坏了我的财路，老子和你拼命！"老者被特务拉扯着拦下。白康拿过黄纸仔细看了看，又递给大徒弟看了，都看不出有啥名堂，只好命人将符箓给了老者。

184. 新四军江北支队指挥部。侦察员赵有粮化装成的老者边走边撕去胡须，将符箓交给参谋长。参谋长拿到符箓，穿着新四军军装的张铁口小徒弟在一旁帮着分析："这是伏卦，大凶之兆，师父在特务监视下先用清水画出水印儿，再喷墨成形，尽得符箓精髓，这是不是在提醒我们，鬼子向茅山仓库送军火是圈套？"

185. 茅山岭上，埋伏在山腰阵地里准备伏击新四军的日军被倾盆大雨淋得十分狼狈，却迟迟不见新四军过来，隐在山林中一个个气急败坏，拿汉奸伪军撒气。

186. 月夜里，天晴了，乌云缝隙里露出月牙儿。密林里松井浩三听特务报告："新四军主力没来茅山，先前过去的都是故意暴露的游击队，为疑兵之计，主力趁我后方兵力空虚之际袭击了溧河码头仓库，抢走了我们的全部粮食。"白康："咱们中了新四军的'调虎离山'之计了。"松井浩三："八嘎！安排香饵钓鳌鱼，饵的没了，鱼的跑了！

你的特务队走漏了消息！"白康："一定是被狡猾的张铁口识破了，还装神弄鬼地借着符箓传了出去。"松井浩三："死了死了的！"狠狠打了白康一个耳光。

187. 新四军战士从四下袭来，日军不明情况，只好慌忙向山下大路撤退。

188. 撤退的日军在下山的路上踩上地雷，被炸得丢盔卸甲，狼狈不堪。松井浩三吓得躲在一棵断树后面，抽出战刀狂叫。日军冲下山去，没找到新四军。

189. 日军司令部。司令官在训斥松井浩三："你的诱饵？全部的计划敌人事先的详细知道，新四军视我们如同掌上观纹！我们只能被动挨打，你要是不能在 5 天内侦破，你的剖腹自杀，向天皇谢罪！"松井浩三站得笔直："哈咿！"

190. 松井浩三队部。松井浩三正在训斥白康。白康："太君教训的是，把这牛鼻子老道杀了算了。"松井浩三："这样的杀了，新四军会笑话我大日本皇军是蠢货，不敢再和他们斗智慧，要欲擒故纵。通过张铁口，假的情报传给新四军；真的，我们的利用；你的，还有那个装成陆蒙的人必须盯得紧紧的。再有差池，死了死了的。"

191. 竹溪镇。还是从前那个饭棚前面，张铁口在给人算命。白康躲在竹屏后面喝茶，监视着大徒弟。大徒弟伏在案上照着张铁口画的符在复制，旁边已经放了六七张复制好的符箓。假陆蒙倚着门柱嗑瓜子，四下里打量着来往的人们。徐铁肩和几个挑夫进来了，每人要了碗开水，泡着馍吃起来。

192. 张铁口在给一个商人打扮的人测字："您测的字为'财'字，财字属金，左贝右才，财字谐音拆，你的这笔生意和谁一起做的？不好说就不必说出来，老夫已经知晓了，这贝占半边，还有败的可能，才字有勾陈，为六神之一，你发财的路遇到了曲折和困难，这般下去，甚至还可能有血光之灾，告诉你，右边这'才'是'豺'字的半边，左边的'贝'字是'狈'的半边，左有狼狈右有猛兽，你在刀尖上跳舞，岂不危矣！"那人诚惶诚恐地："是，是，先生真是神仙！我和皇军一起做生意，这年头要是不攀上皇军也做不成大生意啊。"张铁口："钱赚得再多，得有命花，要是命没了，钱还不是为别人赚的？"那人急了："我是背着皇军倒了些柴油、钢管啥的禁运物资，藏在那些收来的桐油桶里了，要是被皇军发现了，那就完了，先生如能指点迷津，必有重谢！"小姑娘研墨，张铁口摇着头提笔画符箓，大徒弟在一旁照猫画虎地复制。

193. 商人出门将符箓小心地揣进怀里，心有余悸地抹着汗水。白康追过来，劈手给了他一个嘴巴："混蛋！让你试探他，你却说出真话，好你个朱财迷，看我不报告皇军毙了你。"朱财迷："唉！他可是神仙哪！说不说人家都知道。"白康："啥神仙？他不过是揣摩你的心态顺势推断，说的像真的亲眼所见，蒙你个大傻子，你倒好，竹筒倒豆子——一点不留，全说了，你告诉他那些能做迫击炮管的钢管啥时候到湃河码头了？"

194. 吴戈戴着墨镜、穿着绸布长衫来了："承蒙先生上次指点迷津，让我足足赚了四条黄鱼，今天来一是感谢，二是向先生讨教一二。"白康看出来端倪，一手掏王八盒子，一手招呼那三五个暗藏特务上前抓人。散坐在一旁的徐铁肩和那些挑夫一起动手，扁担、柴刀、匕首指向特务们的咽喉要害，特务们掏不出枪，不敢动作。

195. 白康被一个挑夫用匕首顶着咽喉，草帽遮着挑夫的脸，刀尖刺到肉里，他早吓得六神无主。惶恐不安地叫着："新四军饶命！咱都是中国人哪。"假陆蒙嚷着求饶："咱也是来算卦的，干吗要咱命啊？"徐铁肩一只手将他提起来，丢坐在地上。

196. 张铁口平静地笑笑，开始算卦："赚得钱来，运也，我不过是照卦象说出来而已，让你坚定信心就是了，先生今天测的字为'轳'字，这'轳'字啊，井里打水，以'轳'为撑，'轳'字属火，架在井上，水火不容，'轳'在中间，这'轳'字偏旁为车，还固定在井边，井通八方，卦象大凶！这是危机四伏之状啊！就像颜圩村村头的那口古井，'辘轳'的木架早朽，还在将就着汲水，虽联四方却困在井台。"白康和假陆蒙听到"颜圩村"3字顿时松了口气。

197. 吴戈："上次先生让我必须将符箓浇上烧酒再焚服之更灵，这一次我也多加点酒？"张铁口笑了："你打三两酒，送我张神仙喝，我醉梦里好去仙界为你言好事，岂不简单？"吴戈笑了："先生指点，神悟曲通，必将财源滚滚，运势旺达，我辈理应孝敬才是，不过……"张铁口："你不必欲言又止，是不是还想再问你的运势？无量寿佛！冲着你为我买酒的分上，老夫就送你一卦，你坐方位为北，板凳的位置为三，你心里想问的是家事可好？"吴戈惊讶万分："神仙大师，这您都测得到？"张铁口："坎为水，主你中年必行大运。"

198．大徒弟战战兢兢地凑上前复制符箓，徐铁肩他们并不制止。张铁口摆弄着那柄写着"阳奇阴偶，筮短龟长"的折扇："你上次来就看中了我的铁骨折扇，本想送你，可这是师祖传下来的兵器，如果情势需要，按动机簧，16根纯钢打造的扇骨如同箭雨，瞬间伤他六七个恶人不在话下，你又不做强人，要它何用？"吴戈笑笑拒绝。白康看着折扇暗暗吃惊。

199．松井浩三队部。白康和假陆蒙拿着复制的十几张符箓向松井浩三报告。白康："太君，张铁口一开张，就来了二十三个人算命打卦测字问运，其中有两人最为可疑，一个是化装成茶商的新四军侦察员，他叫吴戈，本来卑职想把他当场抓住，可是'陆蒙'，就是扮成新四军陆蒙的乔小队长提议按您的吩咐，放长线钓大鱼，才让他走脱，不过，他拿走的是这张符箓，是不是正好能帮咱们把皇军要四面围攻颜圩村新四军江北支队营地的计划传递出去，好请君入瓮？"松井浩三盯着那张符箓陷入沉思，他突然嚷道："把张铁口的大徒弟叫来。"

200．新四军江北支队指挥部。参谋长和几个首长在听汇报。吴戈："先生给我们写了一个'轳'字，这是什么意思？"张铁口的小徒弟："师傅写的'轳'字，是二十三画，加上三两酒的三，还有'酒'字三滴水，一共是二十九。六十四卦中的第二十九卦为坎卦，大象为两水重叠，危机重重。"吴戈:"那地点一定是颜圩村,只有颜圩村南北进村的路口都要经过水塘,多方情报汇集,都说明鬼子想让我们知道,他们要秘密偷袭颜圩村,而张先生提示,那是个圈套!"

201.参谋长笑了:"还有赠的那一卦呢?"小徒弟:"坎又为水,扇骨兵器为箭,现代的箭那应当是……""那就是炮了。"情报处长猜道。参谋长:"那是告诉我们去劫炮,而且还是水路,在哪?"情报处长拿过地图,手指在上面移动。小徒弟:"按卦象上的方位,一定是在这儿。"

202.参谋长用红蓝铅笔在溧河渡口画了一个圈儿。他严肃起来:"命令各路侦察员必须尽快弄清楚敌人经过溧河水路运输物资情况。"

203.颜圩村。夜。日军和伪军在村口水塘边上的通道设伏。

204.半夜。一轮弯月挂在空中。风摇枝叶,静悄悄的。松井浩三和白康焦急地盯着村前向山上延伸的路。

205.吴戈带一队新四军从设伏的道路通过,只有十几人。白康挥着王八盒子,指挥伪军要出击。松井浩三白手套按着战刀柄摇摇头:"小部队的侦察,放过了,才有大鱼的过来。"

206.新四军侦察队鱼贯出村进入树林,迅速消失在黑夜里。吴戈笑了:"小鬼子,咱向你借道,你还以为老子上当呢,不然绕道还真怕来不及,咱就不谢了!"

207.夜幕下。静静流淌的溧河。吴戈带领一队新四军在溧河一处狭窄河道设置障碍,队员们隐蔽在芦苇丛里。

208.商人朱财迷的商船顺流漂过来，朱财迷站在首船头押运。船队遇障停下来。游击队员们驾着小船包围过来，纷纷跳上商船，甲板上几垛 60 毫米钢管被截获。朱财迷战战兢兢地求饶。一名队员："都是些铁管子，有啥用？"吴戈笑了："这无缝管是做迫击炮筒最好的材料，有了这个，咱们就有了迫击炮！"战士们迅速地将钢管搬到几艘小船上。

209.新四军攻打竹溪镇炮楼。松井浩三挥刀指挥，捷克式机枪一阵急促扫射，匍匐前进送炸药包的战士受伤倒地。新四军的攻势慢了下来。松井浩三冷笑，摇电话求救兵，可是电话线早断了。白康献媚："新四军没有火炮，一会儿湄河镇的太君听到枪声派来援兵，两面夹击，一定会打得他们屁滚尿流。"

210.轰！轰！轰！几声巨响，把炮楼炸塌一角。

211.冲锋号响了。白康从废墟里把松井浩三扶起来，松井浩三强打精神，挥刀命令剩下没死的日军、伪军火力封锁，防止新四军冲上来。新四军指挥员一招手，迫击炮又响了，炸得日军、伪军人仰马翻。

212.冲锋号又响了，新四军冲上前去。徐铁肩、赵有粮带着一排人上前，和侥幸没死的敌人拼杀。吴戈上来带人搜寻，侦察员报告："迫击炮炸死鬼子、伪军 21 人，重伤 9 人，俘虏 7 人，没有发现松井浩三和假冒的陆蒙。""继续搜寻！"吴戈命令。

213.吴戈捡起松井浩三的望远镜，用袖子擦去尘土，看着远处山坳的小路，几个日本兵和伪军仓皇逃窜。吴戈向突击连长："逃跑的敌人里面没有松井浩三？"一个通信员跑过来："报告，城里的鬼子和伪军已经出动，阻援部队压力很大，团长命令迅速撤出战斗。"徐铁肩来报告："队长，炮楼炸塌的梯子后面有一个暗道，俘虏说松井浩三从暗道逃了，我带三班去追，一定要抓住这个恶贯满盈的鬼子。"吴戈："来不及了，他跑不了！"突击连长从望远镜里看着山下路口的日本兵在冲锋，挥手命令："埋好地雷，立即撤出竹溪镇。"

214. 山间阵地上，新四军在掩护群众转移。日军和伪军冲上来，连长命令："迫击炮拦阻射击！"几声炮响，日军和伪军被炸死炸伤一大片，四下逃散。群众迅速进入森林中。

215. 暗夜。新四军在攻打炮楼。敌工干事拿着马口铁话筒喊着："里面的人听好了，限你们3分钟放下武器投降，否则，大炮一响，尸骨无存！"炮楼里日军指挥官挥刀指挥，一阵枪弹射来，喊话的干事受伤。连长挥手，6门迫击炮响了，炮楼被炸塌了。冲锋号吹响，战士们冲上去。

216. 新四军江北支队指挥部。参谋长把玩着日军丢下的指挥刀："醉里挑灯看剑！只可惜既没有好酒，又是一把卷刃的破倭刀。"吴戈："可惜跑了松井浩三那个畜生，没能抓来给参谋长，好用他的'胡虏肉'当下酒菜。"参谋长大笑："你这个建议可不好，倭寇的肉没有猪肉好吃哟！"参谋长将倭刀入鞘："情报处长，那些炮管对我们以最小的代价取得胜利起到了重大作用，你们立即研究，

173

鬼子怀疑到张铁口咋办，必须不惜一切代价保证他一家人的安全。"情报处长："据敌工部分析，张铁口十分危险，战前怕引起鬼子怀疑，没敢先启动内线将他的妻子和孩子救出来。如今，二十几处战斗都用上了迫击炮，鬼子恼羞成怒，一定会报复，如果找不到我们，就会拿张先生撒气。"

217. 日军司令部。头上绑着绷带的松井浩三狼狈不堪地被司令训斥："你的'反间计''疑兵计'，还有啥'瓮中捉鳖'，都是笑话，天大的笑话！让新四军在山沟里笑话堂堂的大日本皇军，你这个被人玩弄于掌股之上的笨蛋！丢尽了皇军的脸面！你就是一头蠢猪！"

218. 吴戈、徐铁肩还有侦察队的赵有粮和战士们捧腹大笑。徐铁肩："队长，我才明白，张先生那三两酒还有那么深的含义，别说愚蠢的小鬼子了，就是葛仙翁在世怕也算不出来！"笑罢，吴戈严肃起来："这样一来，张先生危险了，鬼子不会放过他们一家的，咱们必须抢在鬼子前面把他们救出来。"

219. 白康将一个孩子夹在腋下，从日本人的房子里粗暴地拎出来。一个中国妇人追出来："求求你，放过孩子，他不是张铁口的儿子，真的不是，你强要带走，这不是要我的命？"白康冷笑："穿对襟扣襻儿衣服，还能是日本人的孩子不成？敢帮着张铁口藏匿他的狗崽子，你是不想活了？"一脚将来夺孩子的妇人踢倒。那妇人死命抱着他的腿，白康腋下夹着的孩子脚一沾地，突然向上一蹿，脑袋撞到白康下巴，害得他牙咬伤了舌头，痛得咧着嘴劈手一掌，将那孩子打晕。转眼间，白康大半个脸肿起来："狗崽子，皇军拿你当狗肉炖了，给你爹喝汤，方解我恨！"

220. 妇人扯着白康的裤子宁死也不放手，白康揪着她的头发扯不开。白康气极了，一脚将那妇人踢昏了，叫骂着，嘴里狠狠地吐出一口带血的唾沫。

221. 吴戈带三人潜入松井浩三队部的后院，在日式房屋一角分头潜入侦察。门口有动静，徐铁肩发现白康夹着一个孩子出来。徐铁肩："队长，是张先生的儿子。"吴戈："看仔细了，个头儿好像不对。"

222. 化装成客商的吴戈和化装成挑夫的徐铁肩几人赶到竹溪镇，在张铁口家对门的茶馆坐下，小心看着张铁口家。

223. 屋里，松井浩三抽出战刀，刀刃放在张铁口瘦弱的脖子上："你的，给新四军情报真的，骗皇军也是真的。用什么办法传出去的？不说，死了死了的！"张铁口从容地笑了："啥是真的，啥是假的？我不过是对所有来算卦的人，照着卦象说了神仙意旨就是了，哪个不是真的？至于咋个理解？哼！人畜怎能同言？夏虫岂能语冰？"

224. 屋外暗处。化装成百姓的侦察队战士已隐蔽在四处，准备出击。吴戈悄声布置："一班随我冲进去救人，二班警戒掩护，三班去伪公所放火，为疑兵之计，声东击西，记住，不可恋战，小心保护张先生安全。"

225. 着急赶路热极了的徐铁肩用草帽扇风，从村口过来："队长，鬼子押着张先生的夫人，还有孩子来了。"吴戈眉头紧皱："隐蔽。"队员们四下散去。

175

226. 张铁口家。白康报告："太君，张铁口的老婆抓来了。"松井浩三一招手："都带进来。"

227. 张夫人被推搡着进来。松井浩三一看张夫人，乐了，将刀入鞘："哈哈！"他戴着白手套的手托着张夫人的下巴，"神仙老婆大大的漂亮！"白康威胁道："你要是说出来如何传递情报，以后忠心为皇军效力，你的夫人还有救。否则，她就是一枚让皇军揉烂的柿子！"

228. 张铁口怒极反笑："新四军的手下败将，不敢找人家对决，却来拿女人撒气，也好意思自称啥大日本皇军！"松井浩三一挥手，一个日军小队长的战刀将张夫人衣襟划开。

229. 松井浩三威胁道："你要是不合作，我们就对你老婆不客气！"说着命令两个日本兵上前给了张夫人两个耳光。

230. 窗外，柴垛后面。徐铁肩举起驳壳枪就要开火，吴戈悄悄按下："救下孩子之前，不到万不得已千万别惊动敌人。"徐铁肩眼里喷着怒火。吴戈："留下两人监视敌人，咱们再去找孩子。"

231. 张夫人被按倒在地，无力再挣扎。她突然大叫一声："放手！"趁日本兵一愣，她推开日本兵坐起来，"我丈夫听我的，我来劝他。"松井浩三得意地挥手。日本兵放开她，她慢慢走到张铁口跟前，深情地："孩儿他爹，一定要为我报仇，震卦……"

232. 日军小队长怕她传递消息，冲上前去用刀背砍她的后脑勺。松井浩三："八嘎！'震卦'的是什么暗语？"张夫人惨叫一声："啊！孩儿他爹，不要管我……"她倚着桌角不让自己倒下，转过身从兜肚里掏出一颗手榴弹，突然抓住松井浩三。松井浩三猝不及防，瞬间被手榴弹吓呆了。张夫人拉住松井浩三要和他同归于尽，手榴弹没爆炸，张夫人这才想起来还没拉弦儿。她不敢缓手，只好像拿铁锤一样猛往松井浩三的头上砸。松井浩三蜷缩着蹲在地上捂着头惨叫，头上、手背上都流出血。白康嚷着让她放开松井浩三，有事好商量。鬼子们围上来。

233. 张铁口泪水涌出眼眶，颤抖的手摸索着上前想帮妻子："秋芳……"张夫人："放了我儿子，不然我就和这恶鬼同归于尽！"白康："臭婆娘，还真以为你们是无所不晓的神仙眷侣，太君别怕，这娘们不会使，手榴弹没拉弦！"

234. 松井浩三顿时像安上了弹簧的野兽，腾地跳起来两手紧紧地掐住张夫人的脖子！他要掐死她。张夫人急忙按吴戈教她的那样，拧开手榴弹柄的后盖，日军小队长连忙向她开枪，张夫人中弹倒地。

235. 几个日本兵和特务上前，想按住受重伤的张夫人。张铁口抓起折扇，听着叫嚷声判断发射方位，颤抖的手在随着叫嚷声移动。白康上前抓住女人一只手，扯起来一看，手里有一根白线，他尖叫着："啊！"张夫人另一只手里的手榴弹炸响了。

236. 烟尘散去，日军小队长死了。张夫人死了。日军和特务死伤了四五人，屋子里一片狼藉。松井浩三从桌子后面爬起来，他气极了。白手套摸着头上被手榴弹砸伤的地方，一看都是血，他拔出战刀舞了个刀花："张铁口，你的死了死了的！"张铁口的扇子对着他，沉稳从容地："张天师保佑！羽箭斩妖魔！"十几根钢铁扇骨噗的一声射出，飞向松井浩三的方向！松井浩三和几个日本兵被打中，松井浩三的刀被打落在地上。

237. 松井浩三不堪剧痛，忍不住大声号叫。假陆蒙献媚："太君不用怕，这箭毒已经被我们悄悄地换了，亏得我前天买通他的大徒弟，如今这箭毒只是疼痒难受，不会致命，我这有张铁口秘藏的药王清毒散，可先服下解一时之急，要彻底解毒还得从张铁口这儿想办法，要不然怕百日之内再发作，就会烂肉腐骨，痛极而死。"松井浩三心里稍安。

238. 假陆蒙将痛哭的小姑娘从张夫人尸体前拖出去，命她去煎药。

239. 松井浩三喝下假陆蒙献上的中药，痒痛稍缓。不再挠后背痒处，拔出战刀一挥，张铁口面前的桌案被劈成两半："你的良心大大的坏了，拿出解药，才能活命！"张铁口凛然一笑："解药？你们中的是勿恶散，人若有善心，就是中毒也不会发作，要是有豺狼之心，天宫的仙丹也没用，你们恶贯满盈，谁能救得了你们？"

240. 假陆蒙急着在松井浩三面前表现，嚷着："你这牛鼻子老道再狡猾，也架不住我天天在你跟前看着，你那箭上毒药早被我偷换了，你吓唬人！"张铁口："吓不吓人，不需半个时辰就应验了。可怜你这汉奸帮我把迷药换成毒药，总算是将功赎罪，死了也进得了祖坟了。"

178

241.松井浩三高深莫测地看着假陆蒙，假陆蒙吓坏了，连忙辩解："太君！不是那样，真的不是那样的！他在使离间计，张铁口的药包分五色，黑白为毒药，我暗地里换上的是紫色药末……"松井浩三这个时候谁都不信了，眼睛瞪得圆圆的，战刀抽出鞘一半："哪呢？"小姑娘："紫色药末采自曼陀罗和三十六种繁殖期的毒虫，焙制成蛊，最是阴毒，有曼陀罗花儿才麻痒，你给鬼子服下的药王清毒散正好激活那些蛊毒，怪不得先生夸你，还真的是良心未泯，前天晚上先生对你的教诲你还真的听进去了。"

242.松井浩三拿起一根扇骨，细看尖处呈淡紫色的箭头，又转过头目光疑惑地看着假陆蒙，假陆蒙吓坏了："太君，太君！我对皇军忠心耿耿，绝无二心，绝无二心啊！"松井浩三用刀鞘挠挠后背的麻痒处，用战刀指着假陆蒙胸口："你的，扇骨的箭头刺了，解药的喝了！忠心的看看！"

243.假陆蒙还想解释，早有两个日本兵上前，将3根扇骨刺进他的右肩，不管他惨叫着："太君！太君！我对皇军是忠诚的，苍天可鉴，苍天可鉴哪！"扇骨拔出来，黑血滴下来。鬼子又把一大碗药王清毒散给他灌下。假陆蒙挣扎着药洒了一身，灌下大半。假陆蒙又惊又怕，早晕过去了。

244.松井浩三身上的毒性发作了，麻痒难忍，他恨不得扯碎自己的衣服，撕开自己身上的肉，他更恨假陆蒙骗他，疼痒害得他跳起来往墙壁上猛蹭。又疼痒难耐地挥刀斩向张铁口，战刀在张铁口面前画了道弧线，虚砍一下，又猛地砍向假陆蒙，假陆蒙惨叫一声，鲜血四溅，被砍死了。

245. 松井浩三队部。松井浩三只穿着短裤，脖子上、手臂上、大腿上、胸脯上都被他自己挠出了血，他跪在地上，向张铁口求道："张铁口，你只要救了我，不用你再为皇军效力，赏你金条十根，放你随便地活动，算卦的挣钱，金票大大的，你的……"张铁口并不理他。松井浩三怒了："你的真的不怕死？！"一个日本兵上前小心地告诉他："张铁口的儿子带来了。"松井浩三谦恭求饶的脸立马转成阴险得意的表情，笑了笑，一摆手："那好，你不怕死，为了你的国家即便不要老婆的命，难道连你儿子的命也不要了？！"

246. 松井浩三一招手，一个日本兵拿来一件粗布褂子，松井浩三问张铁口："这是你儿子的衣裳，嫩羊羔被剥光洗刷干净了，用他的肉煲的羹不但能当解药，味道也一定很鲜美吧？你的大徒弟告诉我，如果找不到解药，唯鲜嫩的人肉可解蛊毒，你的不肯救我，我就吃你儿子的肉，还要让你也得吃下你儿子的肉！眼下那只小羔羊还活着，你要是反悔还来得及。"

247. 松井浩三一招手，一个日本兵把张铁口儿子穿的对襟小褂丢在桌上，小姑娘将褂子递到张铁口手上。张铁口抚着扣襻儿，小兜儿里露出一颗没剥的嫩绿色莲子。他的手微微颤抖。小姑娘惊叫："百琲？！"大徒弟在为松井浩三针灸减轻痛苦。松井浩三一边浑身抓挠，一边冷冷地看着张铁口。从来冷静沉稳的张铁口，额头上豆大的汗珠儿滚落，嘴里叨叨着念着咒语，手指颤抖着掐算。

248. 砂锅端上来了，放到桌上热气腾腾地冒着气。松井浩三："这是用你儿子的肉煲出来的羹汤，你的尝尝。"说着拿起汤匙舀起一勺，吹了吹，一口喝下，夸张地吧嗒嘴："爽滑的，香香的！"

249. 张铁口用衣袖抹去汗珠，胸前后背都被汗水湿透了。松井浩三看了看，十分得意，奸笑："这不过是那只羔羊身上的一小块肉，你要是不给解药，就换一口大锅，把你儿子活活烹煮了下酒解毒！"

250. 小姑娘愤怒地盯着松井浩三，抹去眼泪，上前给张铁口捶背。张铁口手指紧张得颤抖，不停地叨着咒语掐算，鼻翼使劲抽了几下，眼眉上都是要滚落下的汗珠。片刻之后，他镇定了，长出一口气："无量寿佛！这砂锅里面炖的是畜生的肉，要不是中国人以德报怨，你就会作茧自缚，搬起石头砸自己的脚，你这畜生就会自食其子！"

251. 松井浩三："装神弄鬼的那一套救不了你儿子，我才不信你的鬼话。"说着舀起一匙肉汤递给张铁口，见张铁口侧脸躲过，他将滚烫的肉汤泼在张铁口的脸上。张铁口脸上的肌肉在颤抖，奶白色的浓汤流下，肉丝挂在张铁口的眉毛和胡须上。

252. 突然，松井浩三的太太惊慌失措地跑进来，叽里呱啦地嚷了半天。松井浩三急了，掀翻桌子，热气腾腾的砂锅滚到地上，打得粉碎，肉和白色浓汤洒了一地。

253. 松井浩三惊呆了："砂锅里炖的肉是，是我的儿子太郎的肉？！"他呕了起来，干呕了半天，吐出脏脏的黏液，张铁口笑他："鬼魅无德，岂能吐兔？"

254. 松井浩三痛失儿子，歇斯底里地狂叫一声，抽出战刀砍向张铁口，战刀又在半空中停住："你的神仙，法术的厉害，偷偷地将我的儿子换上，良心大大的坏了！死了死了的有！"松井浩三夫人小声泣道："要不是你想烹了人家的儿子，怎么会阴差阳错地煮上了咱家太郎？"松井浩三看着掉在地上散乱的拂尘，似乎都在飘起来，成为千万条绳索来捆绑他，他歇斯底里地狂叫，抢起战刀。

255. "先生！"小姑娘上前挡在张铁口前面，被鬼子拉开。面对狰狞的松井浩三，张铁口并不害怕："无量寿佛！己所不欲，勿施于人，你想让我吃我儿子的肉，没想到你太太告诉你，这里面烹的是你自己的儿子，你还魔鬼缠身灭绝人性地食肉喝汤，虎毒还不食子，你这畜生、恶魔，连禽兽都不如。要知道，善有善报，恶有恶报，唯有恶鬼，现世就报！"松井浩三丢了战刀扑到地上，涕泣着捧起那坨肉："太郎！我的儿子！"松井浩三几乎要疯了。

256. 松井浩三夫人手里捧着烂肉和着汤水，湿湿地按在胸前："太郎，我的儿子，娘和你一起回家。"她悲痛欲绝，起身突然撞向墙角。

257. 松井浩三老婆头被撞破，血流出来，她一只手伸向地上那坨煮熟的肉，红色的血和白色的肉汤交织，却不融合。人昏迷过去。

258. 翻译的眼睛瞪得大大的，他明白了。（闪回）松井浩三家旁边侧房，白康将张铁口的儿子带来，推搡着关进去，孩子一头倒在地上的稻草堆里。用人按白康的命令，丢给他窝头，他不吃。给他馒头，他也不吃，丢给他糖果，都被他扔出来。

259. 张铁口的儿子十分倔强，躺在稻草堆上，旁边是冷菜馊饭。苍蝇乱飞，孩子瞪着大眼睛，眼看要饿死了，被几个穿大皮靴的人拖出去丢到后面柴房。

260. 松井浩三家。厨师的徒弟送菜给松井浩三夫人，夫人端给儿子松井太郎吃："这是白先生推荐的江南大厨做的名菜，最好吃了！"松井太郎吃了一口嫌不好吃："什么破玩意儿，一点不好吃！"端起盘子丢到徒弟脸上，徒弟下意识地躲闪，菜盘子被丢到墙上，碎碴儿撞回打到太郎手背上，流出血。夫人连忙过来看视，徒弟看到了松井太郎手背上有一块大大的红色朱砂记。特写："朱砂记。"

261. 松井浩三夫人礼貌地说道："先生做的味道极佳，只是太郎清淡的食物吃惯了。"松井太郎被娇惯得没边儿，不依不饶地："你破坏了我的朱砂记，我伯父说了，这是当大臣的命，你坏了我身上的天赐风水，我饶不了你。"厨师徒弟是个愣小子，慌忙解释，急不择言："算命的张先生说过，朱砂记要是长在脚心，脚踏一星，就能掌兵，脚踩七星，将相运程。你这朱砂记长在手背上，是背相，反的，当不了真的，恐怕还会有……"

262. 松井太郎急了："闭上你的乌鸦嘴，我让我爹割了你的舌头！"松井浩三夫人连忙哄他："他是厨师的弟子，不会命理推算，你不用听他的，更不要割人舌头害人。"吓傻了的徒弟这才找到辙，连忙自己扇嘴巴："小少爷说得对，我是信口胡诌，你别在意，这竹溪镇里有一个神仙张铁口，改日让他给你看看，即便碰破了，他也能解！"松井太郎不屑地："哼！中国人能算得准大日本人的命？别吹牛了，还神仙呢！"

263.松井太郎出来玩儿，他看到马棚旁边稻草堆里躺着的百琲，十分好奇，见他还有一口气在，捡起土块打他。一个用人用身子拦住太郎："妈妈叫你去上柔道课。"松井太郎悻悻地拍拍手上的土走了。用人悄悄告诉百琲："吴戈叔叔让你必须坚定地活下来，想办法和鬼子斗争才是英雄。""吴叔叔！"百琲激动了，眼泪盈眶，他爬起来，抓起烧饼撕开，夹上菜，大吃起来。

264.百琲吃了饭，有了些力气，他却仍然装成羸弱的样子蜷缩在稻草堆里。松井太郎又来打他，用石头砸他也不动，百琲眯着眼睛恨得牙咬得咯咯直响。松井太郎跳进柴棚里骑在百琲身上，百琲突然一个"兔子蹬鹰"将他翻到身底下。松井太郎头磕到竹栏杆上，疼得直叫，站起来小心地踏着步上前，突然双拳砸向百琲，百琲反应极快，一个迎面冲拳将他打倒。松井太郎因从来没人敢打他，疼得惨叫，环顾左右，想找帮手。

265.百琲左右看看："狗日的，有本事别叫你爹帮忙，咱俩见个输赢。"松井太郎不太会说中国话，看着比他瘦弱还矮半个头的百琲轻蔑地笑笑，瞪着眼睛点头。松井太郎吐出一口血水，爬起来两人都不叫喊，再摔跤，松井太郎虽然个头高、力气大，却被百琲摔得没了脾气，一连输了几次。

266.松井太郎服气了，坐在稻草上不起来，说："厉害的中国拳法，能教教我吗？"百琲不肯："俺爹说过，拳法没有高低，只是做人的心不同，如果是个好人，学会了拳法以武制恶，无往不胜。如果只想着学高明的拳法欺压人，会啥拳最终也得挨揍。"松井太郎："我不再欺负人，这样行吗？我拜你为师。"说着诚恳地从稻草上爬起来，要行跪拜礼，被百琲拉住。

267. 松井太郎不住地恳求，百琲犹豫了一会儿，答应了："其实我也刚学了点皮毛，还不能为人师。不过，你要是发誓学会了不再害人，我就教你中国拳法。"松井太郎不等百琲说完，立马握拳发誓，保证今后一心向善。百琲先打了一通刚刚打松井太郎时用过的拳式，然后，有模有样地教起松井太郎来。

268. 百琲给松井太郎讲拳法，两人又练。松井太郎被摔倒，衣服脏了，不停地搓着上面的泥土。百琲看着别扭："你这身衣服像睡觉穿的，咋能施展得开腿脚？"松井太郎："那咱俩换换，我穿上你的试试。"

269. 百琲脱下衣服，露出来一串珠链，是一串红色的相思豆。松井太郎喜欢，看了一会儿想要。百琲收起来："这是奶奶送我的，说是保佑平安吉祥的，等我回家请奶奶帮你再穿一串。"松井太郎："我用最锋利的短剑和你换怎么样？"

270. 松井太郎穿上百琲的衣服，蹬上一双绣着虎头的鞋，十分高兴。用人来了，见松井太郎转过脸穿裤子，连忙向百琲招手示意。百琲会意。松井太郎穿好之后，百琲让他按教的那样，打一套太祖长拳，他要先去方便。

271. 白康来抓百琲去威胁张铁口，正好遇上刚刚穿上对襟扣襻衫、老虎头布鞋的松井太郎在练太祖长拳。白康凶狠地将他拖走了。松井太郎哪能服中国人？猛然向上一蹿，头撞得白康鼻子流血。白康火了："小崽子，一会儿就炖了你吃肉，看你还敢狂！"劈手一掌将松井太郎打晕了，扛在肩上就走。

272. 百琲穿着松井太郎的衣服躲在廊柱后面看得真切，他见白康拖着松井太郎走远了，小心地跑到养着战马的马厩，跳上马槽攀上棚顶，看看日本哨兵在前院巡视。等他们走远了，立马跳下来迅速消失在黑暗中。（闪回完）

273. 松井浩三听翻译说完，这是儿子肉做的肉羹，捧起地上的一坨肉，烫得惨叫一声丢下："八嘎！你的，施啥妖法？把你我的儿子换了。"

274. 松井浩三夫人手触到热汤里，瞬间苏醒了。号叫几声："太郎！我的儿子！"她悲痛欲绝，"太郎，你等着，娘陪你去了。"她颤抖着爬起来，日本兵小队长过来扶她，她趁机抢过小队长的王八盒子，对着自己的头就要开枪。松井浩三挥战刀砸过去，枪打偏了，击中妻子的肚腹，松井浩三夫人扑倒在地。

275. 张铁口有些于心不忍，摇摇头叹道："无量寿佛！夫人不必过度悲痛，仗着中国人的大度和善良，那砂锅里炖烹的不是你儿子。"松井浩三以为张铁口在嘲笑他，狂怒："胡说！我松井家兄弟5个，到这一辈只有这一个男丁单传，张铁口，你使妖术让我松井家断子绝孙，我要把你斩为肉泥！"说着挥刀砍向张铁口！

276. 松井浩三夫人听出了些许希望，垂死的她顿时有了力量。她捂着肚子上的伤强撑着坐起来，突然跃起挡在

186

张铁口面前："别再杀人，听张先生说。"怒极了的松井浩三收刀不及，刀砍在妻子脖子上，松井浩三夫人歪着脖子倒在血泊中。松井浩三愣了，手拄着滴血的战刀，摇晃着几乎要摔倒。

277. 松井浩三迁怒张铁口，疯狂叫嚷，抢着战刀砍向张铁口。张铁口冷峻地面对战刀，毫无惧色。

278. 日本兵押着吴戈进来了。吴戈脚尖卷起一片砂锅碎片，踢起来飞向松井浩三的手，砸得战刀落地。吴戈从容地说："住手，想让你儿子活，就放了张先生。"

279. 松井浩三惊愕："我的太郎，他还活着？他真的还活着？"吴戈道："我们中国人不像你们那样没人性，干不出来惨绝人寰的事！"松井浩三讪笑掩饰着恼怒，摆手制止几个日本兵捆绑吴戈。

280. 吴戈："中国人大度，面对吃人的豺狼还以德报怨。"（闪回）白康将打晕的穿着百衲衣服的松井太郎交给中国厨师："先割下一块肉，煲成汤，别弄死了，要是张铁口怕了，也许还得放了。"松井太郎清醒了，挣扎不过，狠狠地咬了白康一口。白康气极了，一拳将他打昏，抢过尖刀，撕开松井太郎衣襟，揪起一块胸脯上的肉，他要亲手割下他胸前的肉！

281. 厨师急忙拦住："小羔羊太瘦，您手头没准儿，割不下来最肥的地方做不成羹汤，还是我替您来吧。"白康悻悻地看看被咬破的手臂，牙印处往外渗血，他狠狠打了松井太郎几拳，唾了一口走了。

282. 厨师见白康走得远了，抱起孩子，交给徒弟："你快带他走！"徒弟："鬼子能饶了你？"厨师："别管我，不能让抗日的张先生的儿子受难。"徒弟抱起孩子一看："师傅，这不是张先生的儿子，是松井浩三的儿子松井太郎！真应了那句话，善有善报，恶有恶报！咱把这狗日的烹了，让他爹吃了，那才叫解恨！"

283. 厨师过来仔细一看："真的是松井太郎？！"徒弟肯定地点头，抓起松井太郎的手背细看："我认得他手背上的朱砂记。"

284. 厨师急忙和徒弟商量："指导员说了，鬼子屠杀中国人的罪恶，万死难赎！可是，咱们不能和畜生一样，他儿子能懂个啥？"徒弟："恶魔的种长大了一定也是一个恶魔！还不如让他爹吃了他，让那松井浩三肠子都得悔青了，让他尝尝比杀了他还痛苦一万倍的滋味！"厨师："咱们是人，是堂堂正正的中国人！咋能和他们小日本一样，干出畜生不如的事。"

285. 厨师摘下挂在灶旁柱子上刚剥完皮的兔肉，安排徒弟："剔肉煲汤。"徒弟："拿兔肉冒充人肉煲汤，能混过去吗？！"厨师："人肉汤谁喝过？"徒弟："这小崽子咋办？"

286. 徐铁肩挑着一担柴来接头，救张铁口。厨师："张铁口的儿子呢？"徐铁肩："早换上松井家小崽子的和服跑到竹溪镇了。"厨师："那这小崽子咋办？"徐铁肩："交给我，正好用他来当筹码，救张先生。"徐铁肩伸手在松井太郎的鼻子下面试试，还有呼吸，于是给他嘴里塞上一块破布，将他捆了蜷放进箩筐里，上面盖上麻袋杂物，挑着走

188

了。（闪回完）

287. 张铁口摇摇头："吴戈兄弟，你不该来救我，即便放了他儿子，这些鬼子没有人性，与虎谋皮……"吴戈："先生放心，咱们自有妙计。"

288. 松井浩三冷眼看着吴戈和张铁口，命人把妻子的尸体抬出去："你的说了，我的太郎还活着？"转过头盯着白康。吓傻了的白康连忙解释："是，是，是妖道张铁口善用妖术，是他用的啥摄魂大法，交换了你俩的儿子！""八嘎！"没等白康解释完，松井浩三的王八盒子响了，叭叭叭三枪，白康被打死了。

289. 松井浩三："吴，你的说，什么的证明，我儿子还活着。"吴戈："新四军趁你们按白康传回来的情报，倾巢出动去打竹溪镇的工夫，木馨镇军火库兵力空虚，早被我们打下，你打电话直接问问。"

290. 松井浩三队部。一个日本兵将话机递给松井浩三。松井浩三："哪呢？啊，新四军的长官？哈咿！啊，我的儿子啊……太郎？太郎，你没伤着？你没被割下肉……"松井浩三喜极，皮靴直跺。吴戈看他说得差不多了："松井浩三，你们父子说了半天了，是不是请张先生也和他儿子说上几句？"张铁口："不用了，咱新四军早就运筹帷幄，让我儿子在那儿等着胜利的消息吧。"松井浩三由喜极到恨极，脸上露出无可奈何的复杂表情。

291. 山谷小河的窄木桥上，那边山脚下是新四军，镇子边上桥头是日军和伪军，两边严阵以待，准备互换人质。

292. 松井浩三命令："等太郎跑过来，安全了，必须杀

189

掉诡计多端的张铁口。"日军小队长和伪军大队长潘虎点头领命。日军小队长指挥伪军隐藏在桥旁灌木丛里，捷克式轻机枪口黑洞洞地对着桥上。伪军大队长潘虎指挥伪军埋伏在桥的另一侧小高地上。

293. 山脚下桥头，新四军指导员在布置："徐铁肩带一排准备接应张先生，二排隐蔽占领桥左边的高地，准备掩护，三排准备火力压制。"

294. 松井浩三不时地看表，焦急地等着儿子太郎的出现。新四军女战士帮松井太郎系好中式服装的扣襻儿。松井太郎舍不得张铁口的儿子百琲，两人拉着手，抱在一起。百琲将松井太郎想要的那串"平安豆"送给他。松井太郎将一把鲨鱼皮鞘的精致日本短刀送给百琲。指导员挥手，两个战士送松井太郎上桥。

295. 松井太郎走下山坡，频频回头招手。百琲在山腰喊着："太郎！回去告诉你爹，种瓜得瓜，种豆得豆，种了冤家欠血债，清风无刀能砍头！"百琲的声音在山谷里回荡。太郎看了看手里的平安豆，朝山坡上招手。

296. 清风吹拂着树叶，摇曳着枝条。蓝天下飘着白云。
**歌声起：** 种瓜得瓜，种豆得豆，种了冤家欠血债，清风无刀能砍头！

297. 松井浩三的部下严阵以待，枪口对着桥上。引桥两旁茂密的草丛里，藏着黑洞洞的枪口，子弹上膛。山坡林中，鬼子的迫击炮架在草地上，炮弹放到炮口上，准备发射。

298. 两个日本兵推张铁口上桥。张铁口牵着竹竿一头，小姑娘牵着竹竿另一头走在前面。张铁口挣扎着回头："吴戈,你和我一起走!"松井浩三狡黠地笑笑:"吴先生不是说过,要是我儿子太郎破一点皮,都找他算账吗?我得留他等太郎过来,再送吴先生不迟。"吴戈:"张先生,别管我,你快走!"张铁口只好跟着小姑娘走上桥。

299.松井太郎从桥上走过来了。两个新四军战士在等待接张铁口。松井太郎不住地回头和百琲招手。百琲用那把短剑挑着一条红绸巾,在山坡上的绿林中向他招手。松井太郎走过桥中央,和张铁口迎面走过。松井浩三惊喜地叫嚷:"太郎!太郎!我的太郎!你还活着?!"松井太郎急忙向前跑了几步,发现桥两旁隐蔽的日本兵。日军小队长举起指挥旗要下令。松井太郎嚷着:"别开枪!咱们得守信用,千万别开枪。"

300.山坡上新四军阵地。指导员命令:"鬼子要耍花招,一排准备冲下去救张先生,二排、三排准备火力掩护!"女战士将站在高处摆手的百琲按到战壕里面隐蔽起来。

301.吴戈早看出了端倪,高声喊道:"张先生,小心!"松井浩三挥手,日军开枪!松井太郎嚷着:"别开枪!"他突然转过身往回跑,用身体护着张铁口,却被日军的乱枪打倒。松井浩三号叫:"太郎!我的儿子……"松井浩三的声音在山谷里回荡。

302.急促的歌声:种瓜得瓜,种豆得豆,种了冤家欠血债,清风无刀能砍头!疾风吹过,树枝折断!

303.新四军阵地上。指导员:"打!一排上去救人!"

新四军轻机枪开火，战士们射击，压制敌人火力。徐铁肩带着几个战士跑上桥救张铁口。日军的机枪疯狂地扫射，徐铁肩和几个战士只好迎着弹雨匍匐前进。

304. 张铁口护着小姑娘，腿中弹受伤，只能和小姑娘趴在桥上，被日军的子弹压制得抬不起头来。松井太郎被打中了几枪，仰面躺在桥上，胸脯和腿上汩汩地流着血。日军射出的子弹噗噗地打在桥上，也打在松井太郎的身上。

305. 徐铁肩和侦察排的战士们投弹，趁着烟雾冒着弹雨冲上桥。松井浩三恨日本兵打中了儿子太郎，朝桥中央跑了几步，回头朝着日军阵地嚷着："停止射击！"日军、伪军停止射击。松井浩三脱下上衣和军帽，挥着战刀冲上前去，十几个日本兵端着上了刺刀的步枪跟着冲上桥。

306. 战士们掩护，徐铁肩扶起张铁口，背起他往回跑，几个战士在后面掩护，怒视着松井浩三。

307. 指导员和卫生员冲上桥，指导员命令全力抢救松井太郎。松井太郎快要死了，向山上朝百琲举着那串平安豆。新四军女战士给他简单包扎，看他胸部还在透过白纱布往外涌着鲜血，她摇摇头叹了口气。

308. 松井浩三带着日本兵冲过来，指导员指挥战士们掩护女卫生员撤回新四军阵地。徐铁肩和战士们端着上了刺刀的步枪和日本兵对峙。指导员摆手，他们慢慢撤向桥头。

309. 松井浩三冲到桥中央抱起儿子太郎，呼天抢地地叫着："太郎！我的太郎啊……"松井太郎的眼睛看着天空，天空飘过浓密的黑云。

310. 桥头。松井浩三迁怒于吴戈，狂叫着："太郎死了，你的死了死了的！"挥刀砍向吴戈。吴戈冷笑："畜生就是畜生！没有人性，你下令开枪打张先生，你儿子学会做人了，用身体挡着张先生，下令开火的是你，是你亲手杀了你儿子。"

311. 几个日本兵按照松井浩三的手势，理着绳索，要捆住吴戈。日本兵身后的那个厨师的徒弟，穿着伪军军装，突然从日本兵身后开枪打倒一个日本兵，一刀刺死一个。

312. 吴戈赤手空拳，只好把上衣拧成棍，迎面抽向松井浩三，松井浩三下意识躲避的瞬间，吴戈趁机飞身侧踢，松井浩三的刀斜砍，吴戈躲过。徐铁肩带人冲到桥中央来救吴戈，手榴弹在桥左侧日本兵隐藏的地方炸响了，松井浩三急忙回头看，吴戈趁机闪身蹿到松井浩三身后，将松井浩三锁喉抱住，一脚踹向他的腿弯，松井浩三跪倒。

313. 日军隐藏在引桥右侧草丛里的机枪开火了，压得徐铁肩和战士们伏在桥上没法靠近。日军小队长带着日军和伪军朝吴戈包围过来，吴戈急了，抱住松井浩三一起跳进河水里。

314. 新四军机枪扫射，日军群龙无首，混乱撤退。徐铁肩和战士们流泪看看桥下，河水湍急，只好撤回桥头。

315. 日军小队长命日本兵包围了厨师的徒弟。徒弟并不慌张，对着日本兵开火，枪没打响，没有子弹了。那徒弟十分强悍，吐出一口血水，靠着一棵大树端着刺刀和日本兵对刺。3个日本兵围上来，伪军大队长潘虎劝他投降。徒弟磕开日本兵的刺刀，一个突刺，刺死一个日本兵，来

193

不及拔出刺刀，几个日本兵刺刀刺过来，他身中数刀，靠着大树站着，鲜血顺着伤口不断往下流。

316. 日军小队长命令开炮。迫击炮响了，游击队隐蔽在丛林中撤退。

317. 日军小队长和一群日本兵冲到桥边，向桥下搜寻松井浩三和吴戈。河水湍急，下游方向没有人影。日军小队长挥着战刀，犹豫的工夫，新四军一串子弹打过来，日本兵急忙卧倒。起身时，山上树影婆娑，已杳无人迹。

318. 落日余晖下的河岸。吴戈和松井浩三都昏倒在岸边的乱石滩上。一只青蛙跳到吴戈脸旁，他慢慢睁开眼睛。警惕地四下看看，见松井浩三在不远处躺着，他急忙捡起一块石头爬过去。

319. 溧河。几艘小船顺流而下。船上，徐铁肩和战士们在焦急地搜寻吴戈。

320. 河岸。一队日本兵沿河寻找松井浩三。

321. 吴戈爬到松井浩三身旁，一手举着石头，另一手摸他鼻子，没有气息，吴戈看他脖子上血管在紧张地跳动，冷笑一声："恶贯满盈，没等到清风砍头就死了，哈！张大哥，这回你可没算准。"见松井浩三气得手在抽搐，吴戈乐了："张大哥，白瞎你活神仙名声了，这小子没死在粪坑里，在这儿就死了，他死有余辜，还臭了这片美丽的溧河岸。"冷笑一声，自语："杀了你这垂死的癞皮狗不算好汉。"他丢下石头，不想趁人之危杀了他。岸上一队日本兵搜索近了，他急忙转过身向岸边草丛爬去。

322. 松井浩三慢慢睁开眼睛看着吴戈爬行的位置，伸手掏枪，却发现枪早丢在河里了，只是个空枪套，只好攒足了力气，突然一个鹞子翻身，想骑到吴戈身上。吴戈早有准备，翻身平躺，就势一个兔子蹬鹰，将松井浩三蹬出丈八远，险些掉进河水里。

323. 岸上寻找松井浩三的日军和伪军听到动静，端枪搜过来。松井浩三听到了，急忙起身，声音嘶哑着叫喊。

324. 徐铁肩他们在船上也听到动静，急忙将船划过来。

325. 松井浩三看到新四军的船划过来了，连忙噤声，爬向一堆乱石中间隐藏。小船靠岸。徐铁肩几人上岸，背起吴戈。吴戈："铁肩，松井浩三就在附近，必须捉住他。"日军的机枪扫射过来，打得近处碎石乱蹦，徐铁肩、吴戈和战士们只好隐蔽在乱石滩里。徐铁肩见众多敌人冲过来，没法去捉松井浩三，劝吴戈："队长放心，张先生算定，他恶贯满盈，清风也能砍了他的头！"

326. 黑暗中，松井浩三恨得咬牙切齿。徐铁肩弯着身子背吴戈上船。船刚离岸，松井浩三高声叫喊，日本兵冲过来，对着河里一阵扫射。

327. 新四军江北支队指挥部。参谋长在和张铁口下围棋。张铁口腿上缠着纱布。小姑娘按张铁口的口令摆上一枚黑棋子。吴戈过来，看棋微笑，参谋长："有啥子好事？"吴戈："悬空寺的大和尚来报告，鬼子出动了3个大队，从九井镇出发，要去竹溪镇扫荡。"参谋长："立即设伏，消灭这股敌人！"吴戈："就像参谋长说的那样，和尚老道都参战，小鬼子还想好？"人们大笑。

328. 小姑娘听张铁口的口令，将一枚黑子落下。参谋长微笑:"先生的盲棋如此精妙,真是难得。"徐铁肩来报告:"参谋长,松井浩三这家伙被张先生杀掉了!"参谋长:"张先生?"他一把白棋子撒到棋盘上,"咋回事?"

329. 徐铁肩:"那天在浭河边上救下我们队长,队长还要除恶务尽,要搜到松井浩三,指导员怕被敌人包围,早叮嘱我们劝队长,松井浩三必被清风所杀,早就算定。没想到,真的应验了。"

330.(闪回)清晨。清风岭上。日军和伪军抬着松井浩三沿着山路缓慢前行。日军和伪军累极了,在山弯一块平坦些的地方稍事休息,路边是悬崖。松井浩三缓缓地从担架上坐起来:"这里的,到了什么地方?"日军小队长:"这里是清风岭,转过山弯就是柳林镇据点。"伪军大队长潘虎:"这清风岭最是有名,据说,在北宋年间,一阵清风就将千里之外的一大块巨石刮过来……"

331. 松井浩三一听此处叫清风岭,像触电一样,惊慌地跳下担架,叫嚷着:"回去!清风杀人!张铁口算定了,我的回去,清风要杀我……"日军小队长命日本兵拦住他,按他坐回担架。松井浩三被清风杀人的预言吓疯了,抽出日军小队长的战刀,劈倒一个拦他的日本兵。伪军大队长潘虎迎面来扶他,被他一刀刺死,也不抽刀,跳起来叫嚷着朝山下跑去。

332. 凛冽的山风,呼啸着吹过来,令人毛骨悚然。

333. 那首歌响起,急促激越:种瓜得瓜,种豆得豆,种了冤家欠血债,清风无刀能砍头!

334. 悬崖边上,松井浩三发现已晚,收脚不及,滑向悬崖，只好抓住一根树枝，身子还在往下滑。一阵风刮过，迷了眼睛，他下意识地擦眼睛，一松手，风吹，他快速滑下，叫嚷着："清风杀我……"落入深渊。（**闪回完**）

335.参谋长爽朗地大笑："好你个张铁口，算卦杀了鬼子！"张铁口："千夫所指，无疾也死！他作恶多端，疾风化利刃斩他于无形！"参谋长："说得好！谁能挡得了全国人民抗日的飓风？！"

**（剧终）**

2022年3月　第一稿于三亚和泓假日阳光
2023年7月　第二稿于天津复地温莎堡
2024年9月　第三稿于天津复地温莎堡